ちくま文庫

東京吉祥寺 田舎暮らし

井形慶子

筑摩書房

東京吉祥寺　田舎暮らし　目次

東京吉祥寺　田舎暮らし

東京の「村」吉祥寺での生活

吉祥寺は武蔵野という深い杜に囲まれた東京でただ一つの「村」である。一度この村に住み着いたら最後、もう二度とよそには行けぬ謎めいた引力が絡まり、それがこよなき幸せと感じられるのである。

それが何かを伝える前に、私自身の吉祥寺との関わりについて触れたい。

一九歳よりイギリスと日本を数え切れないほど往復してきた私は、五〇歳の誕生日を目前にロンドンに拠点を持った。私がイギリスに移住したと思っている方も多くいらっしゃるが、一年の大半は吉祥寺という実に限定された、狭いエリアに留まっている。

都心新宿より西方へ電車で約一五分。杉並区に隣接する都会に多摩の田舎風情が併さり、各種の調査で「住みたい街 ナンバーワン」に輝き、いまだ不動の人気を誇る街だ。

会社に行かない土曜日、私はいつも早起きをする。人のまばらな吉祥寺に、チラシでどっかり膨れあがった新聞をバッグに入れ、早朝から開店しているスタバに向かう。

元来スタバは苦手だが、吉祥寺のヘソ、東急百貨店裏のオープンスペースは別だ。ツイードの帽子をかぶり、舶来の上着を着たおじいちゃんがコーヒーをすすりながら日経新聞を広げ、毛糸の帽子をかぶった若い女性が文庫本を読みふけり、トリマーにいくら払ったのかと思うようなこぎれいな小型犬に時折声をかけている。

マンガでも競馬新聞でもないことがしみじみと平和で、こちらも不動産チラシをめくり始める。スタバのカウンターテーブルには「三井のリハウス」や「野村不動産」の物件情報が乱舞して、はたから見るとかなり異様なはずだ。

東京には他にも普遍的人気を誇る街がある。自由が丘、下北沢など東京の住みたい街御三家をはじめ、神楽坂、麻布十番など、どこか下町っぽい昔からある成熟した街も根強い人気がある。だが、吉祥寺がこれらの街と大きく異なる点は、つわもの外国人が多いことだ。

欧米人を筆頭にアフガニスタン、グルジア、ネパールなど、世界各国津々浦々から来日した外国人が、道行く人を客引きすべく、せっせと通りでチラシを配る。自ら改造した老朽ビルの店舗に客を引っ張り込み、不況にもめげず雑貨店や食堂を営んでいるその姿は、アジア辺境の地でジリジリと強い陽ざしに照らされ、黙々と日銭を稼ぐ労働者を思わせる。

港区の外資系エリートや、モデル時々アーティストといった、アッパーな外国人と彼らが別物と思えるのは、そういう外国人が土着的吉祥寺の村人となって暮らしているからだ。

私の週末は、雑多な商売から国籍の違う人々までが混じり合った吉祥寺を徘徊することに終始している。

一日一回街に出ることもあれば、二回、三回と繰り出すこともある。せっかく家に帰っても、数時間経つとソワソワして「買い忘れたものがある」「本を探しに行く」など、自分や家族に言い訳をしても、吉祥寺の外れにある自宅から、元祖一〇〇円バス（ムーバス）に乗って再び飛び出してしまう。

家に居るのが嫌なのではなく、深夜まで新宿の編集部で原稿を書き、人に会い、経営者として数字を追いつつ午前様になる日々を送ると、吉祥寺で心の垢をデトックスしなければ、自分が干からびてしまう気がするのだ。

だから抑圧されたフラストレーションを週末一気に噴き出すべく、人間らしい生活や触れ合いを求めて吉祥寺をうろつくのかもしれない。

「街に癒されるんですね」という人もいるが、そんな生ぬるいものではない。

平日削り取られた自分の一部を取り戻すことは、子供が金切り声を上げて走り回る井の頭公園に近寄らず、「パルコ」や「コピス」手前で路地を横切り、夏なのに毛糸帽をかぶった若者で溢れ返るカフェを横目に、月窓寺の境内を突っ切って、「人気の街」「住みたい街」の裏街道を一人静かに歩くことだ。

週末に講演会などの仕事が入った時には、コーヒーと新聞チラシから始まる週末の幸せな朝が先送りとなる。仕事やのっぴきならない用事とあっては仕方ないのだが、こういう日は何か取り返しのつかない大損をした気分になる。

それはたとえるなら、読みたい本があるのに家に忘れて、仕方なくどうでもいい週刊誌をキオスクで買って電車に乗るようなものだ。読む本がなく、ボサッと電車に乗っているもったいなさ。たかが三〇分くらいの損失は、人生単位で考えればいつでも取り返せる。だが、そのつまずきが一週間を狂わせ、ひいては仕事への集中力や、人への忍耐に影を落とすことにつながるから怖い。

私のような倹約けちんぼうは、不要な本を引き取ってくれる裏通りの古書店が大好きで、読まなくなった本をせっせと紙袋に詰めては売り払い、コーヒー代くらいになる売り上げ金で再び古本を買う。

隣の西荻窪は「骨董通り」なる通りがあるほど、年代物の家具店や古本屋が山ほどあるが、これぞと思う本と出会うのは、なぜか吉祥寺だ。作家、編集者など、何らかの形でメディアに関わっている住人が多いせいで、珍しい資料本が売りに出される確率が高いらしい。

これは洋服にも当てはまる。服が大好きな私は、夏冬のセール期となれば勢い込んで東京駅の丸ビルや表参道に乗り込んでいく。好きなブランドは都心の旗艦店で探したほうが種類や在庫もたくさんあるだろうと、毎回期待して出かけるのだが、不思議といつも欲しいものが見つからず、Uターンして地元吉祥寺の小さな店の服を買う。

種類が多すぎるのか、人が多すぎるのか。

慣れない都心の店でウロウロするうち、結局何も決められないまま、ただ、疲れて、おしまいとなる。

ヒルズで休憩しようとカフェに入っても、コーヒー一杯一〇〇〇円近い勘定に目をむき、一刻も早く懐かしのわが村へ逃げ帰りたくなるのだ。

こういう瞬間、私は本当に自分を田舎者だと思ってしまう。

吉祥寺駅に降り立つと、垢抜けない駅北口ロータリーにわが村は健在なりと安心し、母と息子がやっている老舗甘栗店「なかじま」の甘栗が無性に食べたくなる。正式には

「鈴一甘栗店なかじま」という長い屋号を持つ店だ。

この店は吉祥寺の薄暗い迷路が縦横につながる市場、ハーモニカ横丁の入口横にある。創業六〇年の店内を見回すのは私の悪いクセだが、六畳ほどの店奥にはすすけたハシゴがあり、続く二階は倉庫というが、一体どうなっているのか毎回中をのぞきたい衝動を抑えるのに必死だ。

壁掛け式の黒電話を「レトロ」と情報誌の記者は書くのだろうが、全体に黒ずんで何十年も手つかずといったこの店の「ただ甘栗を炒り、売る」という簡素さに、私はいつもうたれるのである。

今日は母親が店に出ている様子。のぞくと二つある大釜に黒石を入れ、釜と石を暖め、熱で弾け飛ぶ栗を抑えるべく、ひしゃくで水をかけながら三〇分間甘栗をかき混ぜている。彼女が慣れた手つきで水をかけるたび、ジュワッと蒸気が立ちこめ、店の外にまで炒った栗の甘い香りが漂ってくる。

甘栗は葉酸や食物繊維が豊富に含まれ、授乳期の母親の常食としてもよいらしい。年末には二つの大釜をフル稼働させるというお母さんが、お待たせしましたと顔を上げる。

「五〇〇円のください」

そう言うと、ありがとうございますと、湯気の立つ甘栗をザルに移し、それをふるって石を落とす。そうして甘栗を昔ながらのはかりで量って袋に入れる。

「まだ熱いから袋は開けっ放しにしておいて下さいね」

「ハイ、ハイ」

炒りたてのアツアツ甘栗が入った紙袋をお母さんから受け取った私は、街路樹のたもとのツリーベンチに腰を下ろしてさっそく栗をむく。割れることなくコロンと艶やかな甘栗を殻から取り出し、味わううち、ヒルズの法外なコーヒー代のことは忘れている。やっぱり吉祥寺が一番。もう、しばらく都心には行くまい。こんな密かですぐ翻る決意を、私は何度誓ったことだろう。これも吉祥寺に住み着いた「村人」の習性たらんと思うのだ。


この街を題材にした書籍や映画やドラマを見ていると、なるほど、洒落たカフェやショップが建ち並び、ジブリの森もあり、かつ、ボートが浮かぶ井の頭公園も広がって、一度は訪ねてみたいと思う人が後を絶たないのも分かる。

だが、本当の吉祥寺の素晴らしさとは、見た目の楽しげな街並みにあるのではなく、この街が持つ「村」的な気質によるところが大きいのではないか。

Ono Scale Co.

箱物より自然が好き——ハムステッド・ヒースの思い出

ある時、都内で講演を終えた私は急いで吉祥寺の我が家に帰り、郵便ポストに差し込まれた新聞と読みかけの文庫本を持って吉祥寺の駅近くに飛び出した。ティータイムとディナータイムの中間、午後四時頃だったと思う。

ところが、時すでに遅し。街は人で溢れ返り、吉祥寺を東西南北に縦断するアーケード、ダイヤ街とサンロードも買い物客でごった返している。

通い慣れたカフェや喫茶店も、学生のかん高い笑い声や煙をモクモクとくゆらせるオヤジが占拠していた。

この街が一体いつから新宿・渋谷化したのか。東急裏のスタバも夏の江ノ島海岸のような混雑ぶりで、犬と一緒に子どもや学生までが地べたにだらしなく座り込み、その背後の特設会場からは「さあ、こちらが新型モデルですよぉ」と、若い女性が耳をつんざくようなMCを轟かせている。

朝の静けさはかき消え、すっかり商業施設と化したオープンテラスには、チュン、チユンと近づいてくるスズメに、パンをちぎって投げるお年寄りの姿もない。

同じ場所ながら、見たいものはすっかり消えていた。


村の「魔の時」に図らずも遭遇した腹立たしさに、足を踏み入れただけで息苦しくなるような数々の店から逃げて、ひたすら人の少ない空間を求めて井の頭通りの一本裏手、末広通りを杉並方面に向かってテクテク歩き続けた。

駅から東へ五分以上歩くと、個人経営者が切り盛りする雑貨店や古着屋が現れ始める。その一角に今まで気づかなかった小さなカフェを発見した。カウンターと小さなテーブル席が二つあるだけの元スナックを改造したような店だったが、人もおらず簡素なインテリアとカウンター上の手作りっぽい焼き菓子に惹かれ入ってみた。

カウンターの内側に立つ店主と、世間話をする近所の人らしきおばさんが一人。これはいいぞと席に座り、早速新聞を広げ、挟み込まれたお楽しみの不動産チラシを取り出し、レモンタルトと深煎りコーヒーを頼む。店主のきびきびしたサービスも申し分ない。

ところが、五分もしないうちに居心地が悪くなり、ここでお楽しみの不動産チラシを見ることや、読みかけの本を開くことに胸がざわついた。何とか集中しようにも考えることはどうでもいいことばかり。

「経費精算、まだ終わってなかったな」とか、「帰りに八百屋に寄らなくては」など、半分腰が浮いた状態で、ほとんど味も分からぬままレモンタルトを口にした。

「人気のスイーツなんですよ」と主人が言うので、「毎朝焼くんですか」と尋ねると、草木染めのエプロンとトンボ玉のイヤリングをしたその女性は、カウンターの向こうで笑いながら首を振った。

「私は焼かないの。時間がないから知り合いのケーキ屋さんが毎朝持ってきてくれるのよ」

何か一方的に裏切られた気がして、ますます早く店を出たくなった。

時間とお金をムダにしたと口惜しがっても後の祭り。つくづく、私が欲しているのは人のいないカフェではなく、吉祥寺の静かな週末の朝と行きつけの店だったと気づいた。本当にしたい生活はタイミングを外すとつかみ損ねる。いつも小さな満足感を足場に生きてきた私にとって、うやむやなまま時を過ごすことは、何においても気持ちが悪い。私はこれまでも人生の中で、自分で見つけ、自分で選び、そこに幸せな居場所を見いだしてきた。

考えてみると、あてがわれたものに自分をはめ込むことが苦手な私は、学生時代から余暇に対する確固たるこだわりがあった。たとえばテーマパーク、リゾートという作りものの箱に対する嫌悪。ディズニーランドやとしまえんでジェットコースターに乗って叫び続ける人々の心理は全く理解できないし、流れるプールは、足をつけるのも嫌だった。日本ばかりでなく、例えばロンドンのテムズ河岸に突然できた「ロンドン・アイ」と呼ばれる大観覧車もその一つ。日本人の友達にしつこく乗ろうと誘われた時も、世界各地からやって来た観光客の列に心底うんざりした。

そもそも洋の東西を問わず、これらの箱物は、一部を除いてはお金をかけた子供だましのようでしらけてしまう。それよりスーパーの袋にタオルとTシャツを放り込んで、奥多摩、五日市の渓流や、伊豆の海で泳いだ方がどれほどいいか。

相模原の山間を流れる川や、木曾の山奥で見つけたコバルトブルーの清流は、その水を手ですくって飲めるかと思うほどの透明度。そこに飛び込む瞬間のスリリングな感覚といったら、ジェットコースターの比ではない。法外な入場料も取られず、うんざりする奇声も聞こえない。大自然に抱かれ泳ぐことはタダなのだ。

思えば昭和三〇年代、子どもだった私は、つぎはぎの服を着て、口やかましい近所のおじさんや親戚の目をかいくぐるように、長崎の中心部を走り回って遊んでいた。天主堂の懺悔室、寺の境内、商店の軒先、眼鏡橋の下を流れる川など。

リゾートという言葉もなかったあの頃、徹底して地元で遊ぶ場所を見つけ出し、堪能した。

「ロハス」「エコ」「シンプルライフ」以前に、自然に根ざした素朴な生活は、当たり前のこととして昭和の日本人に活力と楽しさをもたらしていた。

ロンドンの住まい近くに広がるハムステッド・ヒースには、大小取り混ぜ三〇個以上の池がある。この地がビクトリア朝時代に英国医療の中心として名を馳せた。ヒース原野から湧きいづる泉の水を求め、数々の湯治場が登場してロンドン中心部から多くの市民が詰めかけたからだ。

現在は三つの池が遊泳用に開放されているが、ある日、早朝の散歩に出た私は、何人かの人が泳いでいる姿を見て、水着もないのにTシャツにレギンス姿で池に飛び込んだ。

家からわずか一〇分のところに見つけた秘境、あの体験は本当に素晴らしかった。朝日が降り注ぐ中、カモや白鳥にグワッグワッと威嚇されつつも、(どうやら彼らの縄張りだったらしい)緑濃い森林に向かってスイスイとどこまでも泳いだ。ハムステッド・ヒースの池は一年三六五日泳ぐことができ、寒中水泳もできる数少ない水浴場で、ワイルドスイムを愛するロンドンの中高年にも深く愛されている。

わが村、吉祥寺の井の頭池も、かつては水が湧きだし、子ども達が泳いでいたという。高速道路の大渋滞に巻き込まれず、地元で泳ぐことができたらどんなにいいだろう。そんなことを考えつつ、ロンドンに君臨する原野の、そのまた池で泳ぐという想定外の体験に、私は大いに興奮した。

ところで、中心部より地下鉄でわずか一五分というこのハムステッドの一万一〇〇〇人という人口は、約一七万人といわれる吉祥寺エリアのそれに比べるとはるかに少ない。この田舎くさい街は、高級住宅地といわれ、かつてはフロイト、ナイチンゲール、キーツ、夏目漱石が暮らし、今でも作家、俳優など多くの著名人や文化人が暮らすロンドンきっての「住みたい街」として知られている。

路地裏にティールームやパブがあったり、かつては下宿屋として栄えていた小さなコテージが坂道にでこぼこに建ち並ぶ。その様は多摩に向かう五日市街道沿いの農家の生け垣や、葉の落ちた淋しげな柿の木を連想させる。

驚いたのは、人々がこのハムステッド中心部を誇りと愛情を込めて「ヴィレッジ」――村と呼んでいたことだ。

日本で「村」という言葉は、「村社会」「村八分」などネガティブで暗いイメージで使われることがある。だが、彼らの「ヴィレッジ」という語感は、こぢんまりとしたコミュニティーをあらわす、独特の連帯感にあふれていた。

住宅街のミニスーパーや雑貨店の掲示板には、ベビーシッター募集、不用家具の売買情報などがベタベタ貼ってある。その一つひとつを読むだけで、住人の傾向が透けて見えて楽しい。

吉祥寺は掲示板より、街に出て店で立ち話をするだけで、マウストゥマウス（口コミ）でたくさんの情報が得られる。いずれにせよ、節約生活に不可欠なアナログ体質が、どちらにもしっかり根付いている。

吉祥寺がハムステッドに似てるのか、自分がハムステッドの中に吉祥寺の面影を見いだそうとしているのかはわからないが、この二つに共通するものは「都会の村」という位置付けだ。

もともと田舎志向はあったものの、仕事柄、東京から離れられない私にとって、「そうか、都会で田舎暮らしができるのか！」と気づかされたことで毎日は大きく変わっていった。

この街に住む多くの人が言うように、他の街に「出る必要がない」「出たくない」のである。服を買おうと思えば、一通りのブランドはそろっているし、画材や手芸用品は

「ユザワヤ」があるし、英国アンティーク家具も「ミヤケ」のセールでリーズナブルなものが探せる。

中央線の「農耕文化」と東急線沿線がそこはかとなく醸し出すハイソな「ザマスカルチャー」が混ざり合う吉祥寺は、全共闘の面影が残る「長野」っぽい有機食材を使ったカフェや、「木こり」が切り倒したような丸太で製作された手作り家具店もある。

文化に力を注いだ先代の土屋市長の功績で、カフェ併設の最新シアターがあり、市民文化会館にて本場レニングラード国立バレエによる「眠りの森の美女」ですら、都内の半値近くで鑑賞できる。こういう図書館や劇場など文化的なものが備わっているうえ、映画館も六つあるのでヨーロッパの人々のように早めに夕食を済ませ、普段着で夜の娯楽へ向かえるのである。

三善里沙子さんの『中央線の呪い』（扶桑社文庫刊）という名著のタイトル通り、この感覚は吉祥寺に住んだ者にしか分からないだろう。

ここで豊かに暮らすには、まず、自分と村との関わり方をつかまなければいけない。

折しも「東日本大震災」が発生。連日テレビで被災者の惨状を目の当たりにした私は、彼らの一人でもいいから吉祥寺に来てほしいという強い思いに駆られた。

社員寮を提供します

そこに住んでいるというだけで、誰かとつながっていると感じる奇妙な連帯感。これも田舎暮らしの特性であり、「村」の良さだ。

私は淋しくなると、つながりを確認しに吉祥寺に出て行く。

五〇代になると、友人の数は絞られてゆき、それこそ年に一度会うだけでも話が尽きない人間関係だけ大切にできればいいと思うようになった。私の場合、日常的な付き合いのほとんどが仕事をベースにしたところから発生し、そのすき間を家族が埋め、さらにその奥深くを友達が固める。

彼らとは幸せな距離感もそこそこあるが、そんな人間関係すらままならないと感じることも正直、ある。

知り合いぐらいがちょうどいい。一定の場所にいて淡々と生きている人のもとに歩み寄る方がホッとできる。

吉祥寺にはそういう人々が何人かいて、彼女らと話すことは、大切な日常の一部となっている。

吉祥寺の駅近くで小さなサロンを開いている、沖縄出身のナカタさんもその一人。

一〇年前知り合ったばかりの頃、ナカタさんは銀行やデパートが建ち並ぶ騒々しい吉祥寺通りに面したある大手サロンの店長だった。楚々とした感じの小柄な彼女は、高校卒業後、大手エステサロンに合格。集団就職で沖縄から上京し、千葉や埼玉などの各支店に転々と配属され、吉祥寺店で実績を上げたのち、悲願の独立を果たした。

三〇代半ばと私より一回り年下だが、経営感覚と賢さを併せ持つナカタさんは、物知りでよく気がつく。ウイットに富んだ飽きさせない会話で、武蔵野マダムの心をしっかり摑んでサロンも順調にいっているもよう。

多分、彼女にとってサービス業は天職なのだ。

さて、エステやリラクゼーションに全く無縁だった私が、エステサロンに衝動買いならぬ衝動入会を果たしたのは、決してナカタさんに勧誘されたからではない。

その頃、私はプライベートで大きな問題を抱えていた。常に誰かと話さないと落ち着かず、不眠症にもなっていた。一人家で悶々とするよりも、誰か人のいる場所でぐっすり眠りたい。

入会の動機は、そんなところだったと思う。

一枚のチラシから「お試し」コースを体験、施術台に横たわるという初体験を経て、毎週ここに来るのも悪くないと思った。

そのエステのロケーションも良かったのだ。吉祥寺の中心部。ひっきりなしに路線バスが走り、サロンの入ったビルの裏手には「SHIPS」「GAP」「ZARA」など、若者が出入りする店のにぎわいが、悩める時間の質を変えてくれそうだった。

はたして、彼女が私の担当になって一ヶ月くらい経った頃、私の悩みはピークに達した。連日のように我が家に取材にやってくる雑誌社やテレビ局に、夫がもう本を書くなとブチ切れ、連日口論が続いた。それに輪をかけ娘は不登校となり、家出。家庭は崩壊寸前、崖っぷちだった。

真っ白なサロンの施術台に横になると、誰でもいいから胸の内をぶちまけたい衝動に駆られ、よく知らないナカタさんに、一連の出来事を友人夫婦の話として吐露した。

仰向けになり、ヘッドマッサージを受けながら全てを話しきった途端、わざわざエステサロンに入会して、縁もゆかりもない場所で眠ろうとしているみじめさに、不覚にも涙がこぼれた。

しまったと思った。

これまでの話が、全て自分自身のことだとバレてしまう焦りに身構えた。

ところがナカタさんは「ご友人のお話など序の口ですよ」と何食わぬ口ぶりで、タオルでサッと私の目元をぬぐってくれた。

「うちなんかもっと人様に言えないようなこと、ありますから」と、穏やかに話し続ける。

「そうなんですか」

「そうですよ。うちのことお話ししたら、九九パーセントの方が本当にうちよりひどいわねって、同情して下さって元気になりますから」

彼女は海藻パックをおでこやほっぺたにくまなく塗っていく。

その日はコースが終わってからもしばらく話していた。優しい言葉をかけられ、話を聞いてもらうことがこんなに楽になれるとは思わなかった。

だから、彼女がついに吉祥寺で独立したというDMが届いた時も、早々にお花を持って会いに行った。

彼女のサロンは、マンションの一室にある。人気の街だけに店舗の保証料が高い。そこでサロン開業問題なし、居住用の低層マンションを探し当てたらしい。そのマンションは駅前映画館の裏手にあるひっそりとした一画に建ち、近くに小さなお寺もある。そこまでの道のりは、汽車に揺られ、和やかに過ぎる時間のように心地いい。

ルーフバルコニー付き、タイル張りマンションからは、走りゆくオレンジ色の中央線が見える。

掃除が行き届いた室内は、お金をかけずに仲間と共に改装したらしい。籐家具や、郷里から持ち帰ったシーサーや、バティックの布までが南国の雰囲気をかもし出して、通販で買ったという竹マットを敷いた元和室から漂う、レモンとハッカが混じり合った香りが眠気を誘う。

「吉祥寺でなければ独立は無理でした。絶対に」

元、吉祥寺の住人ナカタさんは、ことあるごとに言う。一度気に入ってしまえば浮気しない武蔵野マダムの優しさ、面倒見の良さも村人の特性だ。また、吉祥寺は電車ではなく、道路によって近隣の住人を引き寄せる仕組みがある。

それはバス便。バスのルートは吉祥寺駅を起点に、半径五キロ以内に居住する一〇〇万人ともいわれる住人をつないでいる。

ちなみに武蔵野市の関東・京王・小田急・西武バスを合わせた一日の乗客数は一八万人超。これに九ルートのムーバスが市内近郊の住宅地をクルクル回っている。これによって、東は杉並区荻窪、北は西武新宿線、池袋線沿線のベッドタウン、南は三鷹市を越えて京王線の調布、西には西東京、小金井と結ばれている。吉祥寺が、中流層を抱え込む東京・城西エリアきっての一大商業圏たるゆえんだ。

「こんなところ、他にはないですよ」

あらゆる郊外の街から中央線随一の「村」を目指し、新たなお客さんが続々やってくる。それは多くの村人の語り草となっている。その結果、中心部アーケード内の店舗賃料は都心並みに高止まりのままだ。それでもエステ、美容室などの小さな商売は、老朽ビルや狭小店舗を探しては、次々と店を開く。

よそ様はその様子を「激戦区」と賛美するが、金銭的な苦労は多い。だが村人はどれほど村の隅っこに追いやられても、手作りチラシを置き合うなど、穏やかに頑張っている。

ナカタさんにはあれからもう一〇年近く、毎週リンパマッサージをしてもらっている。四〇代で入院、手術を経験してからは、なおさら血流が悪くならないよう欠かさず通っている。

ナカタさん曰く、体調が悪い、あるいは辛い思いを抱えている人をマッサージすると、施術する側はすぐ分かるらしい。

後になって自分自身の体が重くなるからだとか。

「すみません、私が帰ったあとは、さぞや辛くなるでしょう」と、いつも帰りしな心で詫びる私。

聖書の一節に「全て重荷を背負っている者は私のもとに来なさい。私が休ませてあげよう」といったキリストの言葉があったが、ナカタさんの話を聞いて、自らの手を介して他人の疲労を取り除く仕事は、人の痛みを「受容」することに違いないと思った。彼女のような人が吉祥寺を好み、この村以外、自分の夢を実現する場所を見いだせなかったと、こだわったことがうれしい。

子どもを保育園に預けた後、凍てつく冬も、猛暑の夏も、荻窪から三〇分自転車をこいで吉祥寺にやってくる。こんな彼女の屈強さはどこからくるのだろうと、いつも思う。

ナカタさんは、沖縄で過ごした幼少時代のことをよく話してくれる。

貧しい家庭で育ったという彼女は小学生時代、お腹が空いたら畑を覗いては、農家の人がくれたサトウキビの髄をかじり、繊維の間からしみ出す甘い汁を吸っていた。みな堅いサトウキビをかじるため、沖縄の子どもの歯は強いのだという。

家に帰ると庭木にたわわに実っているシークワァーサーをもいで、二つに割ってコップに搾り、砂糖と水を混ぜてジュース代わりに飲んでいた。

体を横たえたまま、ビタミンCが飛び散る熱い庭を思った。

「小さい頃は、貧乏だから、こんなものしかおやつに出ないんだと思っていましたが、今考えるとすごい贅沢なことですよね」

マッサージをする手に力を込めつつ屈託無く笑う。

村には、村の中でしか共鳴し得ない話がある。同じ吉祥寺にいるからこそ通じる感覚。その一つが暮らし向きのことだろう。大地に根ざした素朴な生活感は、有事の際もぶれることはない。

私達のもっぱらの話はあの地震、そして原発の行方だった。

震災から一ヶ月程過ぎたその日も、原稿の書きすぎで肩が岩のように固まってますよと、彼女は肩甲骨《けんこうこつ》あたりに溜まった老廃物を、ゴリゴリと揉み出しながら「不思議ですよね。あの地震で当分キャンセルが続くかと思ったのに、このところ忙しいんですよ」と言った。

私と同じく、この騒動で疲労困憊している人が多いらしい。サロンを閉めたのは一日だけ。それも施術中にお客さんが服を脱ぐため、激しい余震に何かあったら大変だと判断してのことだったとか。

何も変わらず継続しているものがある。それを確認するだけで心の安定が保てる。

地震恐怖症の私は、あの日以来、日常の全てに過敏になってしまった。枕元には常に運動靴と懐中電灯を入れた紙袋を置いている。大きな余震が続くと、一人でいるのが怖くなり、毎日本当に神経が休まらない。

地下鉄に乗れない。電車も恐ろしい。お風呂もゆっくり入れない。トイレに行くときも、もし、しゃがみ込んだ途端、グラグラ揺れたらどうするべきか、下世話な話だが、いつもドアの鍵は開けている。

テレビで見たすさまじい津波や、白煙を吐く原発の映像が忘れられない。薬や水や食べ物も届かず、氷点下の中、暖も取れず衰弱していく人々の姿も脳裏に焼き付いている。なぜ、地震列島ニッポンなのに、体育館や公民館などの避難所に自家発電の機能がないのだろう。

同時に、もし、大きな地震が首都圏を襲ったら、自分も同じような目に遭うのは必至と、指揮者不在の日本への不安も増すばかり。

「自分にできること」という言葉が飛び交う中、地元吉祥寺の村人は被災者に対してどうしているのか調べてみると、桜並木が続く武蔵野市役所前、総合体育館の三階に市が提供する一時避難所があった。

畳三三畳の和室、階下にシャワー室もあり、館内には私がよく通っていた立派な温水プールもある。市は被災者二〇人の受け入れを表明してきたが、なぜか問い合わせゼロだという。いったいどうしてだろう。行政にまかせていては情報が届かないのかもしれない。交通費をかき集めてでも体育館の冷たい床の上に眠る人を呼び寄せたい。

それは、被災地の高齢者から若者までが、田舎風情の残る吉祥寺を好きになるにちがいないという、甚だ一方的な思い込みとサービス精神があるからだ。もう一つ、各種調査で「住みたい街ナンバーワン」の吉祥寺で、しばし休息を取って欲しいという郷土愛もごっちゃになっていた。

テレビや新聞で「避難所で被災者が亡くなった」と聞くにつけ、いてもたってもいられなくなった。わが村の体育館にある和室は空いている。博愛精神に満ちた武蔵野マダムも何かしたくてウズウズしているはずだ。市内、二七ヶ所の深井戸からくみ上げた水道水はおいしいと評判だしWelcome to Kichijojiと、各国の外国人すら迎えてくれるだろう。

考えた末に、編集部が管理する吉祥寺の社員寮、2DKマンションを一戸空けて被災者に提供することにした。ところがNPOをはじめ、住居を提供する関係機関への電話はつながらない。つながったと思えば要領を得ない。

せっかちな私は業を煮やし、直接宮城県の石巻市役所に「うちの空き家を半年間無償で提供します」と電話した。すると役所の職員さんは、「ええっ、そういう申し出は初めてですよ。タダですか？　子供さんが多くてもいいんですか？」と、次々と質問してきた。

ホームステイを含め、全国の人々が住居を提供しようと手を挙げているのに、どういうことだろうかと、逆にこちらが驚いた。

職員さんはその家の住所を教えてほしいと言った。

「もちろんです！」

私は住所を二回告げたあと、ここぞとばかりに、わが村、吉祥寺について力説した。

住みたい街首位、の吉祥寺です。近くに商店街もあれば、大きな公園や動物園もあるし、高齢者も多い街です。

電話の向こうの職員は、「吉祥寺、もちろん知ってますよ」と、声をはずませた。

私は気を良くして、「都会というより、田舎っぽい街ですよ。提供する社員寮も、ご家族連れで六名までなら住むことができます」と朗々と述べた。職員さんは、「今すぐチラシを作って、明日中に各避難所に配布しますから」と約束してくれた。

体育館で段ボールをついたてに眠る人々を思った。

私のメッセージは届くのだろうか。

自分の言葉が頭をぐるぐる回る。人を支えることの喜びがこみ上げてくる。

イギリス人は信じるところを臆することなく言葉にして伝え、行動を起こす。彼の国に長く通い続けていると、「臆することなく」が板に付いてきたようだ。

数年前に私の勧めで吉祥寺に中古マンションを購入したスルメ部長に、すぐさまこのことを話した。三九歳、バツイチ。広告営業に命をかける仕事一徹の部長も何かしたかったらしく「何なら我が家も提供しますよ」と、目を輝かせた。

彼のマンションは被災者受け入れ施設、武蔵野総合体育館の近くにあり、目と鼻の先に武蔵野中央公園がある。

コナラやイチイ、野草が生い茂る広大な武蔵野台地の一角は、開拓農民によって開墾され、明治二二年には武蔵野村となった。のどかな畑地であったこの地は、中島飛行機株式会社が零戦をはじめ、陸海軍機の発動機を生産したため、米軍による攻撃の最大標的となり、多くの人命が奪われた。戦後は米軍宿舎が完成し、米軍将校とその家族二千数百人が入居したが、市と市民が一体となった返還運動が高まり、ついに返還が実現したという。

現在の広々とした原っぱ公園からは想像もつかない「戦争」との関わり。過去がどうであれ、この広大な平原のそばに暮らす安心感を、東北や福島の被災者の方々に分けて差し上げたいと言った。

かねがね何かしたいと言っていたナカタさんも、「店があるから被災地には行けないけれど、マッサージでよければいつでも体を空けますよ」と言ってくれた。出足好調だ。

ところがこんな行動力とは裏腹に、地震の怖さに打ち勝てない臆病者の自分。吉祥寺の村にいる時はいい。だが、いったん「村」を出て、新宿の震度5弱でもへし折れそうな古ビル群の狭間、編集部に行くと、誰もいないフロアで黙々と原稿を書くことができない。受話器を握りしめ、クライアントと交渉する男性陣のそばの机に、ヤドカリのように引っ越してゆく。原稿用紙を広げて「気が散るから静かにしてよ」などと、無理難題をふっかける。

「もうちょっと、静かに喋ってくれない」

相当イヤな女だと自覚しているが、私なりに不安をごまかしているのだ。都心からあの広々とした原っぱや関東ローム層の上に広がる吉祥寺に戻りたいという気持ちを。つわものの彼らは大音量でかけたNHKラジオに耳を傾けつつ、何を言っても気にせず仕事に没頭している。

こういう時、吉祥寺で感じる村の風が吹いてくる。人のざわめきに何となく守られて、心地よく一人の世界にひたれるあの風。

それを寸断するのがラジオから聞こえる「チリンチリン」という警告音だ。皆が中腰になり「揺れてる?」「震源どこ?」とざわめく中、「落ち着いて行動してください」「もうすぐ大きな揺れが来ます」「自分の身を守ってください」と、繰り返しアナウンスが聞こえ、凍りつく。

揺れだけではない。連日、福島原発の異様な状況も報じられる。住民も続々避難。明日はわが身か。

吉祥寺で結婚し、所帯を持つ同郷の女性達の何人かが、九州に避難し始めたと聞いた。いよいよの時はこの村を離れ、長崎に帰るか、ロンドンに飛ぶべきだろうか。でも会社は、家族は、マイホームはどうなるんだろう。

ナカタさんの顔が見たくなった。沖縄出身のたくましくも明るいDNAに満ちた彼女に会えば、ブンブン揺れる不安の振り子は止まるかもしれない。彼女はそういう存在の人だ。肉親でも友人でもないが、彼女の目線は、いつもまっすぐに、正しく明るい方向に向かっている。

会うなり、石巻市役所の顚末を聞かれた。

「例の社員寮を貸すお話ですが、お問い合わせはありましたか」

「それがまったく無いのよ」

この前、新聞の連載コラムにも書いたのにどうしてだろうという私に、彼女は実はと、ある女性について話を始めた。

不動産業に精通するその女性は、被災者のための住居斡旋ボランティアを始めたらしい。最初に担当した家族は車椅子の老夫婦、そして六歳の孫だったという。大家族の中で生き延びたのは三人だけ。両親を失くした孫をかかえどうしようもなくなり、故郷を離れ、上京してきたおじいちゃん達の住まい探しを手伝った。

三人は一緒にいることを強く望んだが、結局、祖父母は高齢者専用の施設へ。孫は養護施設へと別々の場所に数ヶ月滞在することになった。

「井形さんが吉祥寺の社員寮を貸すとおっしゃっていたので、その知人に勧めてみたんですが、バリアフリーじゃないと難しいそうなんです」

東北から右も左も分からず東京に出てきたおじいちゃん、おばあちゃんの不安を思うと、なぜあの社員寮がエレベーター無しの老朽物件なんだと、地団駄踏んだ。

「それに……その方たち三ヶ月先には、また別な所に移されるみたいで……」

「えーっ」

そんな殺生な。瞬間的に我が家はどうかと考えた。だが、だめだ。英国コテージ風住宅という狭さゆえ、車椅子では難儀する。体育館のような家に住んでいる知り合いがいないか、脳内検索をかけたが、いない。「老朽好き」な私のまわりには「老朽物件」ばかりだ。

三人の行く末はどうなるのだろう。武蔵野総合体育館のだだっ広い和室ではダメなのか。

ナカタさんいわく、このような事例はボランティアの現場では山のようにあって、被災した人はこれまで遭遇した出来事や、今抱えている不安まで、全て担当のボランティアに吐き出すらしい。

「その女性はクリスチャンだから、被災者の住宅斡旋を手伝った日は必ず聖書を読むのだと言っていました」

ナカタさんと話をしながら、私は毎週末、吉祥寺の喫茶店で見かける車椅子の老夫婦のことを思い出した。地下にあるその店はエレベーターがある。夫は妻の乗った車椅子をヨロリ、ヨロリと押してやってくる。

妻を椅子席に座らせると丁寧に上着を脱がせ、モーニングを頼む。夫の動作はとてもゆっくりだが、運ばれてきたトーストセットをまず妻に差し出し、それを妻はうれしそうにほおばる。

近所の人だろうか。

動作の一つ一つは大変そうなのに、何の変哲もない喫茶店でのモーニングを楽しみにしている。涙が出そうな光景だ。

私は毎週日曜日にやってくる二人の姿を見るため、わざわざ早起きしてサンロード近くのその喫茶店まで走っていく。

支え合い、喜びを分かち合う姿は、車椅子の妻を介助する夫のしぐさでより感動的になる。

そんなささやかな幸福をも震災は一変させてしまうのか。

同じ車椅子でも、喫茶店で見る老夫婦とは違いすぎる。唯一の肉親となった老夫婦は、親兄弟を亡くし、一人施設に暮らす幼い孫のことを考えると、どれだけ辛いだろう。

余りにむごい晩年だ。

私の記憶には洋画も描くインテリな資産家である祖父の孤独な晩年が焼き付いている。

多くの人に敬われ、慕われてきた商才豊かな祖父は晩年、入退院を繰り返し、「淋しい」と周囲に漏らしつつ息を引き取った。

そんな話をすると、ナカタさんもおばあちゃんの話を始めた。

一〇〇歳まで沖縄で生きた彼女のおばあちゃんは、いつも一人縁側に座って歌を歌っていたという。それも朝から夕方まで、自分の好きな沖縄の民謡を声高らかに。たまにナカタさんが帰省すると遊びに来た友達が、「アンタのおばあちゃん、本当にたくさんの歌を知っているよね」と、感心しつつ、一緒に縁側に座ってひとときを過ごす。それがおばあちゃんの楽しみでもあったそうだ。

一〇〇歳になっても身の回りのことを全て自分でやっていたおばあちゃん。具合が悪くなり介助が必要となったのは、本当に最後の一週間だけという大往生だった。

「どうすればそんなに元気で長生きできるのかしら」

沖縄の話になるたび、いつもおばあちゃんのことを根掘り葉掘り尋ねる私。

「えっ？　うちのおばあちゃんですか？　全然何もしてませんよ。うち、食べ物だって粗末でしたし……。ああ、でも一つ思い当たることが」

「えっ、何」

「おばあちゃん、いつも暖かいものしか飲まなかったんです。夏でも氷の入った麦茶ではなく、ぬるい白湯を飲むんですよ。それが体に良いからって」

「それだけ?」

「そんなものですよ、沖縄の集落の暮らしって」

仰向けになったまま感嘆する私。ここで目をつむり、彼女の話に耳を傾けている時間だけは、地震のことも、恐るべき放射能のことも、人生の不条理も忘れて、遠い南洋の村に思いを馳せつつ、自分の生をかみしめられる。

吉祥寺の畑

都会の村に暮らす楽しみの一つが、農家に通って、朝摘みの旬野菜を買うことだった。この産直通いはもう二〇年近くに及ぶ。

きっかけは、自宅近くに流れるのどかな千川上水路沿いを歩いていた、ある週末の出来事だ。当時暮らしていた中古分譲マンション周辺は驚くべき里山風情に満ちている。その日も、さて帰ろうかという時、隣に位置するだだっ広い畑になぜか目が留まった。

熱中症除けの後ろに布が垂れた麦わら帽子を被ったおばちゃんが、泥だらけのかっぽう着でせっせとほうれん草を引っこ抜いている。市民農園ではない。れっきとした農業を、吉祥寺のはずれで行っている。

道沿いに建ったトタン屋根の販売所では娘さんらしき若い女性が、母親が抜いてきた採れたての野菜を売っていた。

こんな場所で「農」に対面するとは思わなかった。

ちょうどマンション生活に飽きてきて、田舎暮らしに憧れを募らせていた時だったため、これはすごいものを発見したと胸躍らせた。夏の晴天、入道雲の下、あんなに長時間畑仕事をするとは、お二人とも強者だ。代々農家稼業なのか。

長崎で過ごした一〇代の頃、私は畑など見たこともなかった。生家が街の中心にある金物屋で、商店街に馴染み、物に囲まれて育った。

夏休みに父の故郷、徳島県阿波市の吉野川沿いの村に帰省すると、待ち構えていたおばさんが「一緒に畑に行こう」と、キュウリやナスがたわわに実った家の裏手に広がる畑へと誘う。蚊の大群と農薬のにおいと蒸し暑さが嫌で、声がかかるたび、理屈をつけて、いとこの部屋に逃げ隠れた。

やっぱり、夏はクーラーの効いた涼しい部屋でゴロゴロ寝そべってマンガを読むのが一番。親や親戚は「田舎に来たら子どもは屋外を喜んで走り回るもの」というとんでもない幻想を抱いている。

なまじ街中で育った私のような子どもにとって、それがどんなにしんどいことか、大人には分からない。「採れたての焼きナス」と「釣りたて鮎の網焼き」を並べられ、「こんなものは他では食えんぞ」といくら言われても、子どもの味覚にはピンとこない。

人は一定の社会経験を積み、ある程度歳をとらねば、自然の本当の価値を理解し、有り難いとは思えないのか。

親元を離れ、陽当たりが悪く狭いアパートに住み、仕事のストレスに揉まれ、人間関係の煩わしさに全てを投げ出したくなり、いかに好きな人ができても恋によって全てが満たされないと知る。

その時、初めて部屋から眺める木々になぐさめられ、住宅街のよく手入れされた庭と今の自分の立ち位置を測り、幸せな生活について思い巡らすことができる。

その延長線上に、自然というか、土や水に対する愛しさが湧いてくるのだと思う。

吉祥寺の北、練馬区と隣接した一帯には、生産緑地（畑）がたくさんある。武蔵野市生活経済課（二〇一〇年）によると、武蔵野市内の農家は八〇戸もあるという。ついでに言えば練馬区、杉並区、三鷹市と、我が村を取り囲む周辺の区にもあちこち野菜を作る畑があり、中には「無農薬ブルーベリー摘み放題」や「自家製たくあん」「味噌」まで作っている。

また農水省によると、東京都に現存する農家は一万三四九九戸もあるという。話題の中心、福島県で約九万六〇〇〇戸というから、都心といえど、福島県の八分の一は農に従事していることになる。東京＝コンクリートジャングルではないのだ。

子どもの頃、あれほど関心のなかった「畑」と「野菜」だが、わが村、吉祥寺で暮らし始めてより身近に感じるようになった。

それ以来、マンションを引っ越すまで、週末になると畑に出かけていっては、三人家族では食べきれないほどの旬の野菜を調達した。

特に晩秋のほうれん草のおいしさといったら格別で、寒さに立ち向かうためか甘みが増して味も濃い。たくさん買ってては日頃お世話になっている地元の方に配って回った。

「新鮮すぎて、まな板の上で切ろうとしても、ピンと張ったほうれん草が手の内で暴れるんですよ」

押しつけがましい比喩かと思ったが、主婦の方々には大好評だった。

「肉厚で、やわらかくて、ホント最高だわ」「野菜嫌いの子どもがバターソテーにすると、奪い合って食べるのよ」

差し上げた方々も、こんな気の利いた贈り物はないと、絶賛してくれる。

気を良くした私が一束一〇〇円のほうれん草をまとめ買いするうち、しまいには農作業するおばちゃんが「欲しい株を抜いてあげるから見ていいよ」と、畑の奥まで入れてくれるようになった。

畑に分け入る第一歩の緊張、何か神聖なものの上を土足で（当然だが）ノシノシ踏み込む申し訳なさを伴う。

「いいんですか」

と、言いつつも、遠目から見ていた憧れのごちそう農園に入れるとワクワクする私は、満面笑顔だった。目を凝らすと、朝一で売り切れる、稀少な秋ナスを見つけ、「アレもいいですか」と指差す。おばちゃんはフウッと伸びをしてトントンと腰を叩き、「うちで食べようと思っていたけど、まあ、いいわよ」と、一株もいでくれた。

つばの広い麦わらに長靴を履いた、農婦のような私を通りがかりに偶然見つけた娘は、

「ママ、畑に入って何やってんのよ。友達が笑ってたわよ」

と、家に帰るなりみっともないと抗議してきた。プリクラ（当時）に熱中するティーンエイジャーに、農に傾倒する私の気持ちは分かるはずもない。

どんなに文句を言っても、夕飯どきになると「今日はほうれん草のゴマあえないの」と催促されるため、収穫時期になると農家のおばちゃんに取り入って畑を歩き回った。戦後、遠方まで食材の買い出しに行った女たちのようだ。

すでに私の食生活はおばちゃんの畑によって成り立っていた。夏になれば、ナス、ピーマン、トマト、キュウリなど色鮮やかな夏野菜が、これでもかというくらい、てんこ盛りに採れる。よってわが家では、暑い夏、ふんだんにサラダや野菜カレーを作り、具だくさんの冷製スパゲティ・フレッシュトマト和えも定番となった。

冬には体を温める根菜――大根、ゴボウ、ニンジン、ジャガイモ、そして鍋に欠かせない白菜を段ボールに入れて持ち帰る。マンションの中庭で泥を洗い落とす時、頭の中は何を作ろうかと献立のことで一杯だ。

「冬野菜は全く農薬を使わないのよ」と聞いて以来、割高で鮮度がいま一つのスーパーの野菜売り場からは、ますます足が遠のいた。

作り手どころか、畑の土壌まで熟知しているという自負。ロンドンでも、ファーマーズマーケットが定期的に開催されているが、わが村吉祥寺の大地も捨てたものじゃない。

季節ごとにメニューは大して変わり映えしないが、東京に暮らしつつ、旬の恵みを味わえる贅沢。成長期の娘も、多忙な私も風邪をひかなくなり、ついでにいえば便秘もすっかり解消された。

本日は
お休み致します

そんな幸せにも終わりが来た。

「来週からここ閉めるのよ」

おばちゃんから衝撃の産直店じまいを告げられたのは、この畑を知った三年目の春だった。相続税を払わなきゃならないから、畑を一部売ることにした——そのようなことを聞かされ、私はひどくうろたえた。

ほどなくして畑にブルドーザーが入り、大型マンションが建設されはじめると、この村に住む誇りが崩れそうになった。


三〇代最後の年に念願の一軒家を建てた。『戸建て願望』(新潮文庫刊)にも書いたが、マンションを売却して戸建てを選んだのは、いろんな意味で土への執着があったからだ。

新居に引っ越してほどなく、我が家の近くでも小さな産直を見つけた。農家の庭先でハーブ類まで売っている、その知る人ぞ知るスポットは、徒歩三分の至近にあった。

そこのおばちゃんは、住宅街の農家とあって洗練されているが、ふくよかな手にはいつも泥がこびりついて、それを見るたびホッとする。

「人間はね、住んでるところで採れた野菜を食べるのが一番いいのよ。なぜかって、水が合う、合わないっていうでしょ。武蔵野の水で生きてる私達は、同じ水で育った野菜が一番体に馴染むんだからね」

なるほどなぁと思った。野菜も人間も水によって育まれているのか。

「ご馳走っていうのも、昔は誰かが訪ねてきたら、庭先に走って大地から野菜を採ってお料理していた名残なのよ」

農家の主婦達は、私が知らないことをいろいろと話してくれる。

ニンジンのきれいな葉っぱを見て、「捨てるのが惜しいですね」といえば、「柔らかいからゴマ油でさっと炒めて、お砂糖とお醬油を絡めるとおいしいのよ」と、調理法まで教えてくれる。こうして、捨てる葉や茎が立派なおかずになってゆく。スーパーやコンビニで野菜を買っていた頃には、もう戻れない。

東京で、こんな豊かな「食」との出会いがあるとは思わなかった。

命をいただく――この大いなる喜びを狂わせた原発事故。

昔は雨が降るたび武蔵野の畑に思いを巡らせ、作物よスクスク育てと喜べた。今は「黒い雨」さながらに、大気中の放射能がわが村の大地や作物をゆるやかに汚しているのではと、考えるだけでたまらない憤りを覚える。

健全な土壌よ、土中の虫や微生物よ、太陽によって一日も早く、わが村によみがえってほしい。

路地で買うおいなりさん

久しくわが村に戻れずにいた。イギリス出張に始まり、地方都市で開催されるイベントへと出かけていたためだ。

すでに書いたが、村を中心にした私の一週間ローテーションの中で、最も重要な週末の散策がすっ飛ぶと、たちまち深い疲労感に襲われる。

出かけてみればいずこも刺激的で、読者の方々との素晴らしい歓談が待っている。ましてやイギリスともなれば、四〇代半ばまではフライト前夜は興奮して寝付けなかった。もうワクワクを通り越し、溢れ出る旅の計画で脳ミソがはち切れそうだった。たとえ強行軍の取材旅行でも村を離れ、日本を脱出することは、自分への大きなごほうびだった。

けれどロンドンに我が家を持った時から妙な興奮は少しずつ落ち着いていった。「吉祥寺」と「ハムステッド」を主軸に滞りなく回転する週単位のローテーションが、より重要になっていったのだ。

五〇代に入って「普通に」暮らし続けることが、一攫千金の成功より実はとても貴重で難しいと分かってきた。一〇代から社会に出て仕事をしてきた私は動物的な感覚で、仕事と暮らしのバランスをとり続けてきた。出版社の経営、執筆業、雑誌編集者、ラジオのパーソナリティー、主婦、母親……。

仕事を積み重ねてこられたのも、村人たらん素朴な暮らしが土台にあったからだとつくづく思う。

週末の夕方、家の書斎で原稿を書いていると、決まって五時に「夕焼け小焼け」が流れ、外遊びしている子ども達に家に帰るよう呼びかけがなされる（ちなみに、夏場は六時）。こちらも「ああ、もうこんな時間か」と、遠くに見えるけやき並木に目をやる。それが土曜日で一日缶詰状態ならば「明日こそ早起きして、ナカタさんにマッサージをしてもらおう」などと、決意を固める。それはフライトを待ちわびるワクワク感とは異質なものだが、原稿を書き、洗濯をして、クローゼットを片付け終える時の満ち足りた幸福感と共に、十分な安定を与えてくれる。

大変な一週間にはご褒美がいるが、それが村の中を歩き回るだけで（しかも安価に）散らばっていることも嬉しい。

ナカタさんのマッサージ以外、私が自分に与えるご褒美はハモニカ横丁の中にある「いせ桜」のおいなりさんだ。

ものの本によると、おいなりさん、いなり寿司の語源は、稲荷神の使いである狐の好物が由来とか。狐は古来より日本人にとって神聖視されてきた。日本書紀にも日本武尊を助ける白狐が登場している。

古くから狐の好物は鼠の油揚げとされ、狐を捕まえる時にも鼠の油揚げが使われた。そこから、豆腐の油揚げが稲荷神に供えられるようになり、転じて豆腐の油揚げが狐の好物になったとか。その豆腐の油揚げを使う寿司なので「いなり寿司」や「狐寿司」と呼ばれるようになったという。ちなみにいなり寿司の発祥は、愛知県豊川市にある豊川稲荷の門前町といわれる。

一パック三個入り二三〇円のおいなりさんは、これまで食したどんな甘味屋のものより美味しい。甘いふくよかな醬油汁を充分に含んだ皮が酢飯にしみ込んで、忙しく歩き回っている時などベンチに腰を下ろし、お茶と共にいただく。

わが村の良いところの一つは、木の周囲を四角形の木箱でくったようなツリーベンチを含め、あらゆる場所にひと休みできるベンチがあることだ。

チェーンのコーヒー店出店攻勢が続く中、わざわざ混雑する店に立ち入りたくないおばあちゃんや学生も、ベンチでお茶を飲んだり、アイスを食べるなどしてくつろいでいる。

和菓子
いせ桜

ところでイギリスでは自治体へベンチを寄贈するシステムがあり、公園以外にも歩道や街の広場など、何気なく、けれど途切れることなくベンチが設置してある。よく見ると椅子の背には、それを寄贈した人の名前が彫ってある。これは自分がこよなく愛した場所を指定して、自分が愛した風景を他の人にも見てもらいたいためだ。これを遺言に残して死んでいく人も多い。道行く人は、歩き疲れるとそこに腰を下ろし、故人の愛した景色を眺め、永遠に変わらない風景に心を休ませる。

井の頭公園にも寄付による思い出ベンチの設置のシステムがあり、何かの記念に寄付をする人が多いと聞いた。これは東京都建設局が募集していて、一台一五万〜二〇万円の費用がかかるらしい。その数は毎年増え続けるため、市役所でも把握できていない。

このようなベンチは、イギリスと同じく寄付した人の名前と日付、そしてメッセージがプレートに書かれて、村人ばかりか、よそさまにも親しまれている。

さて、話を甘味屋「いせ桜」のいなりに戻す。長年ハーモニカ横丁の路地にある一坪ほどのこの和菓子屋さんの存在は気になっていた。お赤飯、すあま、みたらしだんご、豆大福など、商品はごくわずかしかない。中でもいなりや五本二五〇円のかんぴょう巻きパックは数えるほどしかなく、午後にはたいてい売り切れている。ひっきりなしに常連さんが来ては買っていく古びた店のたたずまいは、子供の頃、母と夕刻に通った長崎の通称「青空市場」を思わせる。

だだっ広い青果市場の片隅に、ゴザの上に座った総菜屋のおばちゃん達が、しわだらけの手で煮豆やちくわを売ってた、懐かしき昭和の夕暮れ時を。

吉祥寺が住みたい街として全国区となり、あまたのメディアが我が村を取り上げるにもかかわらず、白い三角巾をかぶったおばあちゃん達が淡々と和菓子を売っている。そのスタイルは、二〇年来、少しも変わることはなく、アトレなど駅ビルに店舗を広げることもしない。どれを買っても美味しく、早朝より整理券を配り、本まで出した老舗ようかん屋に負けず劣らずの人気なのに、経営者はマスコミに登場することもなかった。

「『いせ桜』の代表に会ってみたいという人、意外に多いそうですよ」

久しぶりにマッサージに行ったサロンで、ナカタさんが教えてくれた。

「えっ、私だけじゃないんだ」

「あちらの和菓子って美味しいじゃないですか。もっと店を広げれば売れるのにって、皆さんおっしゃってまして……」

聞けばナカタさんの知り合いで、長く「いせ桜」に通い詰めたおばあちゃんが、株式上場の祝事に普通のお餅で鳥をかたどった紅白の「鳥の子餅」をお願いしようと電話したところ、運良く先代の経営者とお話できたとか。

「それで、何と言っていたの」

興奮する私にナカタさんは店の歴史を教えてくれた。

話は明治維新にまでさかのぼる。もともと創業者は武家だったそうだ。版籍奉還によって、クビになった侍は、軍人か警察官になる人が多く、創業者もご多分にもれず警察官になるが、「性に合わない」と心機一転、「新宿高野」前の一等地に、高級和菓子店を構え商売を始めたそう。

ところが店が火事となり、代々木に越して商いを再開。戦後になり、東京郊外の吉祥寺に移るも、今の工場のある辺りは街道沿いで車の往来も激しく、「吉祥寺は発展する」と踏んだ末、昭和三一年に今のハモニカ横丁に店を出したという。今は雑貨店、ギャラリー、ネイルサロンまであるハモニカ横丁で、「いせ桜」と同じ頃から商いを続けているのは、同じ路地の漬け物屋をはじめ数軒のみとか。

「昭和四〇～五〇年頃にはお店の前から三〇メートルくらい行列ができてたそうで、何だか分からず並んでいた人もいたんですって」

と、ナカタさんが続ける。

「なぜ、並んでいたの」

と、目を見開く私。

「お赤飯だそうです。おいなりさんやかんぴょう巻きと同じで、お米がおいしいんですよ。何でも浅草の百貨店に入っているお米屋さんのものらしく……」

話は尽きない。パズルの一つのように、長く自分の生活に組み込まれてきた大好きなものについて、自分は案外知らないことが多い。世界各地、極東やシルクロードやEUのボーダーラインギリギリまで駆け回っているのに、好物いなりの背景について、初めて知らされた。

ナカタさんは、イベント続きでガチガチに固まった私の背中のリンパを滞りなく流してくれる。長年の疑問と共に、肉体と心の天秤が水平に落ち着いてゆくのが分かる。

ナカタさんは指先に力を込めて続ける。

「卸しをして下さいって引き合いもけっこうあるみたいですよ。でも、他にお店を出すと、他の人にまかせなきゃいけなくなるのが嫌で、受けなかったらしいです。乱雑に作ったものは出したくないって。あんこにかけては、吉祥寺で一番おいしいって自信持って言われてましたからね」

北海道産のあずきを二〇キロ、工場の大釜で茹でる。毎朝五

時過ぎから起きてあんこを練るのだそう。一〇〇パーセントもち米でついた餅にエンドウ豆を混ぜた豆大福は、赤ちゃんのほっぺたのようにやわらかだった。

ナカタさんと別れて「いせ桜」に立ち寄ると、運良くいなりが一パック残っていた。しばらく村を離れていた私は、黄金色に光る油揚げを見て、戻るべき場所に自分は戻ったのだと感じた。

（注・現在「いせ桜」ではいなり・かんぴょう巻きの販売はしていません）

老朽ビルのバロックなワンピース

「被災地の方々に求人を！」と、編集部に求人サイトからメールが届いた。

3・11の東日本大震災後、東北と首都圏がグッと密接になった。わが村、吉祥寺のマンションも空け、いつ、誰がやってきてもいいように壁紙を貼り替え、エアコンの修理も済ませた。だが、東京都だけでも四七九六人の人が避難して来られているというのに、一向に避難所から連絡はない。

ならば住まいより仕事だと、さっそくその求人サイトにデザイナーの応募を出したところ、アップされた初日から、ものすごいアクセスやお問い合わせがあった。だが、残念なことにその大半は震災とは関係ない東京、関西、九州の方々だった。

編集部のある新宿と、わが村、吉祥寺と、東北を結びつけることはできないものか。

連日のニュースを見ていると、被災地の人々の「先行き不安」「仕事がない」「会社がつぶれた」という訴えが続いている。もどかしく、ここには仕事も住まいもあるよと声を張り上げたいが、どうしたものか。

ノアの方舟に乗船できるのは一名、もしくは一家族だけだ。だが、あきらめない。迫害されるユダヤ人をホーロー工場の労働者として雇い、一二〇〇人の命を救ったオスカー・シンドラーの会計士、イツァーク・シュテルンは「一人の命を救う者は世界を救う」という名言を残したではないか。

ポーランドのクラコフで、映画『シンドラーのリスト』に登場する工場を訪ねた私は、万が一にも救いを求める人々が現れたら、大河の一滴となる寄付よりも、一期一会の出会いに力を注ぐと決めた。

「日本は一つ」「今、出来ることをしよう」のスローガンにせき立てられず、焦ることなく、機が熟する日を待とう。

即効性の高い新聞コラムに、有事の際のイギリス政策を紹介しつつ、いまいましい放射能が雨に混じって、わが村の杜や川や肥沃な畑に降り注ぐかもしれないと想像するだけで、健全なる意欲は萎え、引きこもってしまいそう。

だが、過剰な自粛ムードに乗ってはいけない。これまで通りの経済活動をしなければ、抜群の人気を誇るわが村までが経済的に疲弊してしまう。

「普通の生活に戻る力」を、こんな時こそ発揮しなければ。

こういう混沌とした状況で、自分を奮起させたい時、私はナカタさんのサロンの他に、一軒の店に出かける。

老朽ビルを改造したギャラリー風のセレクトショップ——と書けば今風で敷居が高そう。だが、心から洋服の好きな私にとっては、初めてこの店を見つけた時のことは忘れられない。

娘と近くで落ち合い、わが村から女子大通りを抜け、西荻窪を目指してブラブラ歩いていた時、どこかの蔵から取り出したような重厚なドアに、おやっと足を止めた。

服を売っている薄暗い店内に入るとため息が出た。

天井からつり下げられた装飾的な額縁、壁にかかったビクトリア時代のビロードのドレス、床に積み上げたすり切れた革の旅行カバン。それらはまるで中世の屋敷のよう。ルネッサンスの香りを放つバロック様式を思わせる。

アートが好きな娘は目を白黒させて「ステキ」を連発する。

ポルトガル語のBarroco（歪んだ真珠）が語源の、複雑で装飾過多なものを表すバロックにならい、彫刻やレースの付け衿が展示されるが店内は、幻想的な空間をつくり出している。

天井を抜いて露呈させた古びた梁からは、ルネッサンスのボッティチェリの絵画、

「ヴィーナスの誕生」に出てくるようなリネンのワンピースや、ドレープたっぷりの古典的なスカートがひらひらと吊るされている。

BGMにはクラシック音楽が流れ、まるでヨーロッパの古い屋敷の中に迷い込んだような錯覚さえ覚える。私はこの店の持つ世界観にすっかり圧倒された。
が、ちらりと値札を見ると、少々高い。

娘がクラシカルな麻のワンピースを見つけた。私の大好きな濃紺で腰から広がるフレアー、襟元の開きもきれいだ。白黒映画に登場する英国の未亡人が着てそうな品もある。でも、三万円だし、多分似合わないだろうし――。買わない理由を次々とほじくりかえす。

その時、「このお洋服、麻混ですから着ていくうちに体の線に馴染んでくったりしてくるんですよ」と、男性の店主が話しかけてきた。

青いコートを着こなすその人は、とてもおだやかな物腰だった。

「フィッティングルームは狭いんですが、よかったら着てみられませんか。お洋服を少しずつしか作らない日本のデザイナーさんの作品ですから。黒いバレエシューズを素足に履いて、ヨーロッパの石畳を歩くイメージが浮かぶワンピースなんですよ」

一緒にいた娘も着てみなよとせっつくので、無名ブランドのその服に袖を通してみた。

奇跡のようだった。

ボタンとポケット以外、何のアクセントもない、ただのワンピースなのに、まるで自分が貴婦人になったようだ。

「うわぁ、似合う。映画に出てくる女優さんみたい」と、娘は本気で驚いている。

「綿が入っているから麻特有のシワもあまり目立たない。お仕事に着て行かれても気にならない感じがいいんですよ」と、店主の言葉にさらに頭は混乱する。

買う予定のなかった素晴らしいものとたまたま出会って、周りにせき立てられる高揚感。しかも価格は定価で三万円以上だ。

当時、服や靴は基本的にセールでしか買ったことがなく、狙ったものは七〇パーセントオフになるまでじっと待つのが私の流儀だった。けれど私と一緒に鏡に見入る店主は「このデザイナーさん、印象派のモネの絵のような色使いがとても得意で、陽の下で見ると色味が変わるんですよ」と、出入り口のガラス戸のところまで私をさそう。なるほど、暗い室内では分からなかった生地の深海のように複雑なブルーが、陽にあたるととてもきれいだ。

「何人ものお客様が気にされていて、もうすぐおしまいになると思うんです」

服の材質、製法、デザインの工夫、着こなし方、そして世界観を絵画や海外で見た風景にまでなぞらえる話し方がいい。聞き入るうちに、この店の空気を、服ごと買って帰りたいという衝動に駆られる。

「とてもステキだよ。絶対買った方がいいと思うけど」

再び娘に推され、決めた。

思わず胸に手を当てた私をブラームスの交響曲が包み込んだ。丁寧にその服を折りたたみながら、妻も大好きな服ですから、私もうれしいです、と店主は言った。


その頃、初めてのフォトエッセイが進行中で、私は撮影の日にあの店で購入したワンピースを着てカメラの前に立った。

店に流れていたブラームスがリフレインする。斜めになって垂れ下がった額。丁寧に縫製されたワンピースの内側には、ユニークな書体の「MADE IN JAPAN」というタグが縫い付けてある。誇らしく、幸せな思いに包まれた。

しかもこの一着はわが村のはずれで出会ったのだ。

独特の静けさが漂うその服を着た写真は、フォトエッセイの扉に採用された。

イギリスでは、北アイルランド・リスバーンの地場産業であるアイリッシュリネン工場や、スコットランド、ボーダー地方の羊毛産業を訪ね歩くうち、かつての貧困と戦った歴史的背景に打たれた。

一枚の麻布や複雑に編み込まれたセーターは、歴史的伝承の一部だと思え、多少値が張っても手に入れたいと思った。

この店はどこか同じ匂いがする。

これは私にとって貴重な発見だった。

三〇代から五〇代の女性が二〇代後半に年若く見られる工夫をする昨今、私も含めた吉祥寺に住む女性たちの装いもどんどん若返っている。ナチュラル系、カジュアル志向の服は手頃な価格になってデフレの代表格となった。だからこそ文化を感じる服が愛おしくなる。

予想通り、その後再びその店を訪ねると、ラオスの少数民族が織った貴重なシルクの反物が入っていた。英国のハイランドで見たような複雑な色味のチェック柄のシルクを、一メートル単位で切り売りしていた。たしか四〇〇〇円近い値段にこの時も迷った。けれど、やっと見つけた手織物と聞いて、たまらなく欲しくなった。

「こうやって切りっぱなしのままゆったり首に巻くと、すてきなストールになるんです」

ラオスの織物を手渡す時も、前に買われたワンピースに似合うはずですと、さり気なく伝える店主。既製のストールとはまったく違う存在感。似たような色合いのチェックのストールと比べてみたが、手仕事の差が歴然と出ている。
「カントリー調でなくカントリーグレイス。田舎生活では必然のシンプルな日常の素朴なごほうび」

同類のストールを紹介する一文に、しっかりとしたシルク糸で織られたラオスの手織り布を見つめた。まだ見ぬラオスという地にじわりと興味が募り、住宅街を走る一〇〇円バスに飛び乗って、ふたたび吉祥寺駅前の書店に走った。

『地球の歩き方　ラオス』

その夜、夢中になって私のごほうびとなった手織り布の故郷を調べ尽くした。

ところで、わが村吉祥寺で店を出すには、駅周辺の中心地がお寺の所有する借地権の土地であることから、賃料は新宿、渋谷並みに高額だ。

一六五七年の明暦の大火、通称「振袖火事」で焼け出された神田水道橋、吉祥寺門前町の人々が移り住んで来た吉祥寺は、安養寺、光専寺、蓮乗寺、月窓寺も吉祥寺門前町の人々とともに移転、原野が開墾され、町が形成されていった。

中でも月窓寺は、吉祥寺駅開業の際に土地を提供したころから、駅を中心に広範囲の土地を所有している。

一説によると、宗教法人の申告所得ランキングで、月窓寺を筆頭に吉祥寺の「四軒寺」がトップテン入りしたこともあるとか。家主やテナントはお寺に借地料（地代）を払わねばならず、それが家賃をつり上げているようだ。

ちなみに武蔵野市の豊かな財源の半分は固定資産税。これはバブル崩壊後も下がるどころか上昇傾向にあるから、テナントが出ると税金の支払いに困る家主も多いらしい。「住みたい街ナンバーワン」は「住めない街ナンバーワン」と言われるゆえんがここにある。

けれど悪いことばかりではない。地べたをお寺が所有しているがゆえに、大手ディベロッパーが村の老朽ビルにブルドーザーを突っ込んで、地上げや、とんでもない開発もなされずにきた。若者の地元志向も強くなっている。

個性的な店は高額家賃から逃れるように、東急百貨店の裏側に広がる住宅地や、現ヨドバシカメラ裏の吉祥寺シアター周辺、さらには武蔵野市役所に向かう五日市街道沿いなど、中心から離れたところに点在する。店舗を借りることができない若者やアーティストたちのための、週単位で借りられるギャラリーもある。

店を持ちたいと夢見る人々は、そうやって村との関わりを深める。

わが村の商圏は駅から先にどんどん伸びて、文化の種が飛び散っている。その芽をつぶさぬよう、多少高くても地元で買い物をするのだ。

ばあちゃんのハムエッグ

原発事故が取り沙汰されるようになってから、外食が不安になった。海や大気に放出される放射能は風に乗って、あるいは雨に混入し、複合汚染を引き起こすのではないか。風評ではなく、本質論を考えてみれば、人と同じく大地も海洋も生きているのだ。私達の胃袋に入る野菜や魚や動物も、何らかの形で影響を受けている。それを取捨選択し、コントロールするなど至難のワザだ。

このようなカオスの時代にあって、食においてはより人の良心や誠実さが重要視され、食べ歩きの愉しみ方も変わっていく気がした。

さて、週末、わが村、吉祥寺を目指して多くの買い物客が押し寄せ、どこも大混雑になる様子はすでに書いた。行列メンチカツを一日三〇〇〇個売る肉屋さん、年商三億という一坪和菓子屋さんの羊羹などが全国的に知れ渡り、吸引力になっているのか。吉祥寺の食べ歩きは、都市観光の重要な一部になってしまった。

そこで村人は中心部から少し外れた店をひいきにするのが常である。

駅から遠のくにつれ、賃料は安くなる。よって儲けを度外視してもコツコツとおいしいものを食べさせる「知られざる名店」に行き当たる可能性も高くなる。いずれもトレンドなカフェとは正反対の地味な店だ。

カフェブームが起きて以来、わが村にもカフェが乱立した。たまに意を決して入ってみるが、おじさん世代の男性らと同様、私も肩身が狭い。

吉祥寺に限らず、カフェの黒板メニューにチョークで書かれた○×プレートと呼ばれる料理は、何度挑戦してもおいしいと思えない。お茶碗に詰めてひっくり返したような雑穀ご飯の塊りと、ハーブの混じった葉っぱ物に若鶏のチーズピカタなど、家でも作れそうなおかずがちまちまと乗っかってくる。

たいていの男性はカフェに入るのを嫌がる。理由は女の子だらけ、量が少ない、高い、タバコが吸えない、など。しかも中年男性の多くは何らかの理由で腰を痛めていて、「カフェ定番の低いソファとコーヒーテーブルでメシなど食えぬ」と、いら立つのだ。

同じカフェでもオーガニックなどと書かれていれば入ってみようと思うが、味はやはりいまひとつ。何より産地の明記されていない菜食メニューには腰が引ける。

ガイドブックにも載っていない地道な名店はないものかと思う。

ある週末の午後、サンロード商店街を抜けて五日市街道を渡り、少し北に歩いた辺りに突然地味な食堂を発見。何だと立ち止まった。

小さなビルの一階にあるその店の名は「まるけん食堂」。しげしげと眺めているうちに、幼少の頃、長崎の市場近くにあった、買い物帰りのおばあちゃんがうどんをすする、昭和の市場食堂を思い出した。

その日はたまたま、スルメ部長と食事できる店を探していた。彼は「これですよ、これ、行きましょう」と、有無を言わさず中に入っていった。入口横に下げてあったメニューの「定食」という一語に、食欲が湧いたのだ。

狭い店内奥の調理場では小っちゃなおばあちゃんが一人、黙々と食器を洗っていた。働き者であることは一目でわかる。

「あのう……」

と、声をかけると、少ししゃがれた声で「いらっしゃいませ」とゆっくり頭を下げた。余りにきちんとしているので、逆に緊張した。

さっそく何か頼もうと、壁に貼り出されたメニューを見て驚いた。

「定食三七〇円――一〇種類のおかずから一つを選択、ご飯、味噌汁、漬物付き」

「うわーっ、安すぎですよ」とスルメ部長も目をむく。

吉野家やガストじゃあるまいし、なぜこんな値段が打ち出せるのか。失礼ながら、冷凍ものをチンの即席料理かと疑った。

次第に好奇心がムクムクと頭をもたげる。

「あの、メンチカツは手作りなんでしょうか」

何でもストレートに尋ねるのが村の流儀だ。

すると小さなおばあちゃんが「なに」と耳を傾けるそばから、息子さんらしきご主人が、「手作りですよ、うちは」と返してきた。スルメ部長も私も「はい」と答え、緊張したまま料理を待つ。

しばらくすると、若いカップルやサラリーマン風の男性などが次々と入ってきて、慣れた口調で「トンカツ定食下さい」「ハムエッグも付けて」など威勢良く注文する。常連さんなのだろうかと思った。

大人しく座っていると、奥から現れた元気な奥さんが揚げたてのメンチカツ定食を運んできた。アツアツのそれにソースとからしを付けて、箸でサクッと割ると、衣とともに中身が皿にこぼれた。慌ててそれを箸でかき集め、炊きたてのご飯と一緒に口に運ぶ。熱い。そして美味しい。

「うまいっすよ、コレ」と、スルメ部長もガツガツ食べている。揚げ物など家でまったくやらない私にとって、カリッとした揚げたての衣にくるまれた手作りメンチは何よりのごちそうだ。

食の不安すらかき消えてしまったのは、密やかな食堂のたたずまいからか。

大手資本のチェーン店が商店街を淘汰することを危ぶむイギリス人は、ハイストリート（商店街）に建ち並ぶ小さなローカルショップを、愛すべき街や村の資産だと応援する。とりわけ、Family run と呼ばれるレストランや宿は、家族経営であることが一つの売りになっている。しかも社名や店名に「& Son」などと付けば、それは息子の代に継承されたビジネスだと分かる。

この「まるけん食堂」は、まさにファミリー・ラン・ビジネスの典型だった。元気の良い奥さんに尋ねると、創業五〇余年の「まるけん」は、もとはラーメンも出していた親子二代にわたる定食屋。八八歳のおばあちゃんと息子さんが料理を作り、奥さんが注文を受け、料理を運ぶなど接客を担当している。

「常連さんはね、一六〇円のレタス付きハムエッグを温かいご飯にのせて食べるのよ。いつも同じ席に座って、同じものを頼むの」

奥さんが説明する傍らからおばあちゃんが、「もう長くやってますから、神奈川や埼玉からもわざわざ来て下さるんですよ」と合いの手を入れた。

ヤキメシ 400
玉子焼 170
目玉焼 170
ハムエッグ 160
オムレツ 200
野菜イタメ 200
とうふ 200
生野菜 160
オヒタシ 100
シラス 100

懐かしい食堂で変わらず元気に働くおばあちゃんに会って、元気をもらったと握手して帰る人までいるのだとか。

そうは言いつつ奥さんは、一生懸命働く高齢のおばあちゃんの体力を心配しているようだった。「まるけん食堂」は、おばあちゃんの生き甲斐だからなおさららしい。

すごいなぁ。わが村の隠れた老舗食堂だなぁと、私達はすっかり気に入ってしまった。ここには吉祥寺の家族の姿があり、外食文化の正統なルーツがあった。

話は少しそれるが、この村の長、前市長（現衆議院議員）の土屋正忠氏とお会いした折、吉祥寺で絶対なくなって欲しくない店はどれか、という話題になった。ちょうど伊勢丹が長い歴史に幕を下し、新たな駅ビルがオープンするなど、急速にわが村が変貌しようとしていることに激しい危機感をおぼえた時だっただけに、議論は白熱した。

「乾物屋」「市場の和菓子屋」「角の肉屋」「公園のうどん屋」まるでしりとりをするように、交互に消えて欲しくない店々を口にした。

その中で、私が熱く主張したのが、サンロード商店街の路地を入ったところ、パチンコ屋の入口横にあるクレープ小屋だった。

中心部に出たら必ず立ち寄らずにはいられない、安くて大きなクレープを焼いてくれるこの店も絶対なくなって欲しくない。

目印の看板にはペンキで「○」と、「クレープハウスサーカス、ジャンボでやすい！」と書いてある。何度か通ううち、その意味不明な「○」はクレープを表しているのだとわかった。まるで大学祭の露店のような店構えと、口を一文字に閉じたまま次々とクレープを焼くおばちゃんを見て、思わず縁日などに登場する屋台のお好み焼きを連想した。二〇年前に見つけた時は、てっきり期間限定店だと思っていたが、雨の日も風の日もおばちゃんはひたすら列をなして待っている客のために、クレープを焼き続けている。

ロンドンのわが村、ハムステッド・ビレッジにも有名なクレープ屋がある。パブの離れのように建つ、やどかりのような小屋では、かつてチャーミングなフランス女性店主自らが腕をふるった。今も本場フランスのクレープを求めて、深夜まで長い列ができる。それを見るたび、吉祥寺の「サーカス」を思い出す。

西友で、トイレットペーパーなどしこたま日用雑貨を買った帰り道、急にクレープが食べたくなった。時計を見ると夜の七時前。売り切れになってませんようにと急ぐ。珍しく客足は途絶えていた。今日は軽めにと、シナモンシュガー&バターを注文した。じっとおばちゃんのキビキビと動く手元を見つめていた私は、二〇年来の勇気をふりしぼって、口を真一文字に結んだ彼女に話しかけた。

「先週の日曜日、七時過ぎに来たんだけど、終わっちゃったと言われて……。今日は間に合って良かった」

声は少しうわずっていたかもしれない。この店に通い始めて初の声がけである。ドキドキしていると、おばちゃんは顔を上げて「ああ……」と、目尻を下げた。

「連休だったからね。ものすごいお客さんで、トイレにも行けないから、水も飲まず頑張って焼いたのよ」

「そうだったんですか」

「一人でやってるから、ここ（クレープ小屋）から抜けられないでしょ」

おばちゃんとこのような会話を交わしていること自体が奇跡のように思えた。（失礼ながら）長年、私の中では物言わぬ露天商だったのだから。

私は調子にのって、ロンドンにもおいしいクレープ屋がある云々と話した。おばちゃんがにこやかに相づちを打っていると、私の注文したクレープが少しだけ焦げてしまった。ヘラで持ち上げ、焼き具合を確認したおばちゃんは、「焼き直します」と言った。恐縮した私は、それでいいです。大丈夫です、と言ったが、おばちゃんはサァーッと新たなトロトロクレープの素を丸い鉄板に伸ばした。

その一方で、焼き損じたクレープをラップにくるむや、カウンターの隅っこに引っ込めた。捨てずにとっている。きっと、後でおばちゃんが食べるのだろうか。気になって

CIRCUS
POKKA
クレープハウス
サーカス

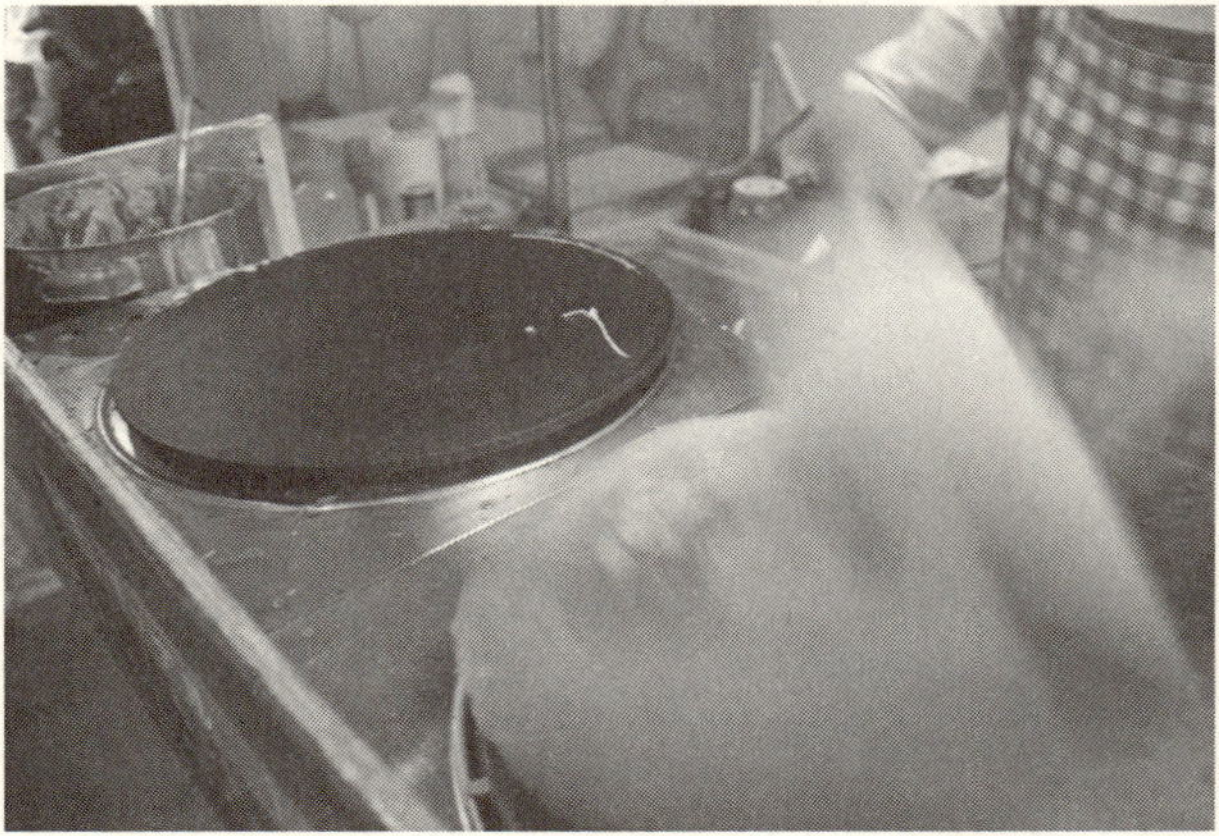

仕方がなかった。「お待たせしました」肉厚で大きなクレープを紙に巻いて手渡してくれた。かじると、トロリと甘いバターが生地からしみ出た。おばちゃんはといえば、いつものキリッとした表情に戻り、次のお客さんの対応に追われていた。

実は「クレープハウス サーカス」は昭和五六年創業で、すでに三〇年以上続いているらしい。経営者はおばちゃんとご主人の二人。夫婦で語学研修と絵の勉強にとパリへ出向いたおばちゃんだが、一人で先に日本に戻り広告代理店に勤めたそう。その時のお客さんの一言をきっかけに、クレープ屋を原宿で始めることを決意。パリで食べたような本格的な道具や具材まで揃え、店作りを全て自分で考えたのだとか。

おばちゃんは、何事も自信がないと思ったら続かないということを、絵を通して知ったらしい。ある時、自分の絵は売れる、人に負けない、と思えなくなってきた——と。自信喪失。苦渋のあきらめ。

ああ、分かる。こういうことって、物心ついた時から繰り返し私の身の上にも起きているから。

きっとおばちゃんの無念な思いが、クレープを焼いて生きていく決意につながったのだ。少し焦げたくらいのクレープを引っ込めたのも、「誰にも負けない絵」をあきらめたおばちゃんの、クレープなら絶対勝てるという自信を貫く意志があったからだろう。

クレープ屋を始めて間もなく、おばちゃんは原宿の店舗が二年契約と知り、次の候補地であった吉祥寺にやってきたという。

初志貫徹、強い人だ。

「パリで口にしたクレープが忘れられないのよ。ガレットとは違うモチモチした生地、本当に美味しいの」

当時、クレープは生クリームを使用したものが少なかった。こんなことからおばちゃんは生地にこだわりを持つようになったらしい。

ひなびたたたずまいのクレープ小屋の周辺には、人気の「ピザ風ハムチーズ」を手にした青年やカップルなどが立ったまま、中身がこぼれぬよう慎重にかぶりついている。

マックやスタバに負けることなく、若者をもとりこにするこのような店が村にある幸せ。たゆまぬ個人の営みを美味しい食べ物と共に味わえる「まるけん」も「サーカス」も、豊かな村に奥行きを作り出している。

路地裏のタロット

年に何度か妙な挫折感に襲われることがある。仕事がうまくいかなかったり、大切に思っている人に思い切って電話をしたのに素っ気なくされたり、期待の予定がキャンセルになったり。

その根本を突き詰めると変化によるものなのかもしれない。特に人間関係の変化は、(それが誰であっても)何か人生が予期せぬ方向に傾いていくようで、つい不安を抱いてしまうものだ。

失恋、離婚、そして死別はもちろんのこと、わが村にやってきたと喜んだのも束の間、いつしか去ってゆく人、疎遠になる人。数え上げるだけで淋しくなり、自分の元気がしぼんでしまう。どうすればいいか分からなくなる。そのような時、私の周囲では「菜《な》子《こ》」さんに聞いてみよう――が合言葉になっている。

何とかの法則ではないが、案外と人生というのは、良いことも悪いことも連鎖的に起きることが多いようだ。おそらく物事がうまく進んでゆく時には本人も気付かないパワーがみなぎり、それが幸運を引き寄せるのだろう。逆に陰鬱な顔をしていると、誰かと会ってもつい会話も短く、用件のみに終始して、どうせ自分は誰からも相手にされないのだと、閉鎖的になるのではないか。

不思議な村人、菜子さんに会ったのは四〇代になったばかりの頃、夏だったと思う。今よりずっと地味な商店街だった中道通りを歩いていて、小料理店の表に出された「占」の看板に目が止まり、暇つぶしに中に入ってみた。冷やかし半分、ゆうべ母と口ゲンカしたことでモヤモヤしていたから。

カウンターと座敷のみの店内。殺風景な壁に黄ばんだ北斎の浮世絵が掛けてあった。アンチャン風の若い青年に、タロットカードで母の気持ちを占ってもらうと、「ソードの女王」という怖い女のカードが逆さに出た。塔の上から人が落ちている怒りの「タワー」も。

「身近な女性を怒らせたんだね」と言われ、ドキッとした。「でも一日で収束するよ」というようなことが結論だった。まさにその時、母に小言を言われてお手上げだった私は、何となくホッとした。

鑑定料二〇〇〇円也。

しばらくして今度は、私の仕事が一体どうなってゆくのか聞いてみたくなり、再びその小料理屋を訪ねた。本音では仕事のことより、あの奇妙なカードを通して何かを引き出してみたくなったのだ。

だが、引き戸の向こうに座っていたのは、アンチャン占い師ではなく、代理人らしき若く美しい女性だった。彼は今日不在だという。代わりに髪をアップにした「菜子」という女性が私が占いますというので、狭い店内の奥にある三畳ほどの座敷に座るや、おもむろに質問を始めた。もちろん、タロットを開けながら。

吊された男や、槍を背中に何本も突き刺されて倒れた男など、描かれた絵の面白さに見入った。

まもなく、彼女のボキャブラリー豊富で平易な話し方にすっかり魅了された。菜子さんはどんなことを聞いても「じゃあ、どうすればいいか対策を見てみましょう」と、あくまでこちら側の気持ちに寄り添ってくれる。

向かい合うと、美人だ。一緒に付いてきた男友達など、菜子さんを「銀座の高級クラブにいる女性のような妖艶さと知性がある」と絶賛していた。

気が散って仕方がない。一人で来れば良かったと思いつつも、この心温まる出会いが著作の大きなテーマになった。本物の霊感を持つという三人の女性について潜入取材を開始するというノンフィクション「運命が見える女たち」（ポプラ文庫刊）に、臆することとなく取りかかれたのも、わが村のあの小料理屋に立ち寄り、タロットを経験していたからだ。

一年くらい経ったある日、仕事でたいそうショックなことがあり、編集部を出て何とか吉祥寺までたどり着いた。私が酒豪で男ならば、間違いなく行きつけの酒場へ直行したのだろうが、もともとアルコールには弱い。さりとてこのモヤモヤした気持ちを抱えて帰宅する気にもならなかった。

吉祥寺駅南口改札を出て、あれ以来会っていなかった菜子さんに会ってみようと思った。さすらい人のようにトボトボと、重たいカバンを持ってくだんの小料理屋を目指す。ところがしばらく訪れぬ間に店はすっかり様変わりし、若い女性が好みそうな雑貨店に変わっていた。

ここまで歩いてきたのにと、急にこの村で一人取り残された所在なさを感じてうろたえた。たった一度しか会っていなくても、とても優しく、好意的に「また何かあればいらして下さい」と言ってくれた彼女を、私は一方的にこの村の定位置に居続ける人と決めてかかっていたのだ。

思えば井の頭公園の近くにあるキリスト教会の牧師先生もそうだった。幼少から教会に通っていた私は、上京後の食うや食わずの生活に翻弄され、教会から離れてしまった。だが、わが村に移り住み、生活も落ち着くと再び教会に通ってみたくなった。ひっそりと佇む木造の教会。そこで星野生興牧師と出会い、洗礼を受けた。

あらゆる場面で星野牧師はこの村の人々の精神的な守り人だと感じた。クリスマス礼拝では駅近くの教会で、村中のキリスト教徒が集まった合同礼拝を取り仕切られた。壇上から教会員のみならず、多くの村人にも「クリスマスの日に、飢え、悲しみ、病の床にある人を思いましょう」と呼びかけた。水を打ったようにシンと静まりかえる礼拝堂。

小柄でひょうきんで、いつ何時、どんな人が訪ねて来ても、きちんとその傍らに寄り添うこの牧師が、突然村を出て、遠方の教会に赴任することになったと聞かされた時の淋しさがよみがえった。行きずりのタロット占い師と牧師を比べるのもおかしいが、私の中で寄り添ってくれることにおいて二人は同一線上にあった。

思い立ったように財布の奥にしまい込んでいた菜子さんの名刺を取り出し、勢いで電話をしてみた。彼女も別の街へ越したのか。するとワンコールで携帯に出た彼女は、うすぼんやりとこちらのことを覚えていてくれたようで、「よろしければ、どうぞ」と自宅を教えてくれた。

ちょうど引っ越しの最中だった彼女は、同じ村の中のどこかに移るらしい。引っ越し

業者が荷物を運んだとかで、訪ねた部屋は家具もなく閑散としていた。それでもテーブルにはタロットが用意してあった。

「すみません、こんな時に」と恐縮する私に、いいですよと微笑む。

私は、「仕事でトラブルがあった。とても落ち込んだ」と伝える。すると、彼女はカードを繰り、何かのルールにのっとって並べていった。

王様や賢者らしき人物のカードがズラリと並ぶ。

「現在、大勢の方々がお仕事のことで話し合ってますが……大丈夫ですよ、じき良い知らせが来ますから」

こともなげに、あっさりと言った。

「えっ、そうですか」

「ええ、未来を示す場所には七八枚中最強といわれるワールド（世界）のカードが正位置で出ていますから」

「ナルホド……」

先方の会社も、私と同じくこのトラブルを収めるべく、何とかしようと慌てふためいているらしい。なんだ、相手も、しまったと思っているのか。

すると、カードに目を落としていた菜子さんは言った。

「ひどく傷つけられるようなことを先方に言われたでしょう」

「えっ？　なぜ分かるんですか」

「つい最近の過去に出てますから」

よく分かりますねぇ。話すほどに気が晴れ晴れとしてきた。

私はすっかり気分が良くなってきた。それはタロットの結果というより、彼女が一度しか会ったことのない私を、引っ越し最中の自宅に招き入れてくれたこと。そして、あの時と変わらず優しく話してくれたこと。何より、このような人が牧師なきあとも、わが村にまだ残っていたということに。

これが新宿、渋谷であったなら、タロット鑑定一時間なりで終わったことだろう。

彼女と別れて、池の湿気を含んだ公園通りの風に吹かれながら、夜のとばりが下りた村を眺めた。

不思議なものだ。

わが村の商業地域はハモニカ横丁やいくつかのアーケード街、数々の商店街も含めて日中は決して美しい景観とは思えない。

私はずっと新宿歌舞伎町が怖かった。歌舞伎町に限らず、渋谷や池袋といったターミナル駅周辺の、あのけたたましい点滅ネオンの塊りと喧噪が死ぬほど苦手だった。

その騒々しさは中央線きっての商業圏、吉祥寺にも当然飛び火した。どこか垢抜けない公園通りと井の頭通りの交差点、最もにぎやかな、ビル群にまたたくネオン。

アメリカではパビリオンの並ぶ擬似的な都市を「ホワイト・シティ」と呼び、それが都市モデルであるという。

道沿いに街灯を灯し、ビルや大通りに面した店にはネオンがまたたき、明かりの演出によって照らし出された街は、昼間以上の活力をみなぎらせ「ホワイト・シティ・ウェイ」をつくる。

一つ思い出したことがある。北京オリンピックの少し前、シルクロードを目指した私は、ウルムチまで飛ぶため北京に一泊することになった。

宿泊ホテルの周辺はどこを見ても高層ビルばかり。文化大革命直後に見たような簡素な風景がどこかに残っていないか、巨大都市・北京の隙間に目を凝らした。

若い現地ガイドの女性（大学生だった）に、徒歩で行ける範囲でどこか良いところはないかと尋ねると、彼女は胸をはって「真っ直ぐに行けば、最高にきれいな場所がある」と教えてくれた。歩道橋からの眺めは北京市民にもとても人気があるのだと聞き、一五分程歩き続けた。

ところが、行けども行けどもオフィスビルばかり。ようようたどりついた歩道橋に登ってみれば、いくつかのビルがほの白い明かりでライトアップされていた。

「とってもきれい」なのは、この夜景だったのだ。

それらは普通のビル群だった。都庁のようなスケール感もない。

ロンドンのビッグベンや長崎の百万ドルの夜景など、私が知る美しい夜景を思い返し、これは美意識の違いか、北京の急速な経済発展に人々の審美眼が追いつかないのか、と考えた。

が、全く分からず、何か、この国はとんでもない思い違いを若者に強いているのではないかという結論に至った。ここには夜に潜む霊的で怪しげな奥行きはない。

震災後の節電によって、わが村でも夜のギラギラしたネオンはなりを潜め、最初のうちは心もとなく思ったものの、この方がよほど吉祥寺らしくホッとした。


話が逸れたが、菜子さんとはその後、事あるごとに会っている。昼間は村の中心部にあるカフェで、村の最も美しき預言者よろしく、夕方まで悩める人の話を聞いているという。

仕事が深夜に及ぶ私は、ある時期、毎日のように喫茶店で待ち合わせていた。

コーヒー一杯で人目もはばからずタロットを広げてくれる彼女に、いちいちカードの意味を尋ねるので、菜子さんもずいぶん面倒だったと思う。今日こそ断られるかなと思いつつ、わが村吉祥寺にたどり着くと、つい、電話をしてしまうのだった。

あの頃は、心の底に沈殿した失意の一つずつを言葉にして、はき出したかった。私がふに落ちないことをこの世的ではない何かの力で、「それは本当はこういうことになっていて……」と、解き明かしてくれる。菜子さんはただカードを読んでいるだけだと言ったが、会ったこともない人間の表情を読み取り、私についても、私を取り巻く環境についても、冷静に解いてくれる。

井の頭公園近くの喫茶店でタロットカードを介し、夜な夜な話し込む女二人。これは女友達と夜毎長電話をする感覚に近いかも。が、似て非なる点は、私達は互いのことをほとんど知らず、それなのにこちらは誰にも言えない悩みを相手にさらけ出しているという点だ。

彼女は私に会うため、武蔵野の雑木林をいくつも通り過ぎて待ち合わせの店にやって来た。漆黒の夜にトレンチコートを着た妖艶な菜子さんを見つけると、森の化身かと思うほどだった。

この喫茶店通いは約三ヶ月で自然に終わった。

私は、彼女と話すことで人の話を上手く聞けるようになった。ナカタさん、友人、スタッフ、娘などに菜子さんのことを話すと、皆、会ってみたいと出かけて行く。

占い嫌いの娘までが、「菜子さんに昨日見てもらったんだ。仕事のことでね――」と言っていた。

内心びっくりしたが、「あら、そう。横丁のカフェまで出かけたの」と、事もなげに返す。

よほど私の話にそそられたのか。

「あの人、優しいよね。ちゃんと話聞いてくれてさ。私は一回で充分だけど……」

「――よかったじゃない」

引っ込み思案の娘にとっても、思いを吐露できるセカンドオピニオンは必要だったのか。

昼はおだやかにタロットカードを開き、夜になると深い杜のどこかに消えていく美女。彼女を知って一〇年の歳月が流れるが、幸いなことに彼女は依然この村に住み続けている。

吉祥寺のアフガニスタン

日本の節電ブームをあざ笑うような猛暑である。帽子を忘れて家を出ると、吉祥寺といえども直射日光に目まいがしそう。

南洋のパラオを旅した折、午後に村を散策しようとホテルを出たが、ジリジリと体を焼き尽くす恐るべき日差しに「倒れるかもしれない」と、慌てて木陰を探し回った。暑さに対する恐怖心を抱いたのはあの時が初めてだったと思う。

いや、もう一つあった。数年前の六月、大手出版社が母体となる一ツ橋文芸教育振興会の講演で福岡の高校を訪ねた時だ。

打ち合わせの席で六月の体育館がいかに暑いかを聞き、ウールのスーツでは無理と、冷感新素材スーツを探し回った。案の定、熱のこもった午後の体育館は温室のように蒸し暑く、舞台に立っただけで滝のような汗が額を流れた。二〇〇〇人からの生徒は体育座りしている。マンモス校の気迫に負けじと話した。

生徒達は私が用意したスライドを食い入るように見てくれていたが、一〇分が過ぎ、二〇分経とうかという頃、教師が生徒を担ぎ出す様子が見えた。暑さで倒れたのだ。

一時間半、話し終えると、スーツはびっしょりで、タオルを求める自分はまるでロックシンガーのようだと思った。講演会は盛況だったが、あれ以来、猛暑日になると体育館で倒れる生徒が脳裏にチラつく。

さて、かねてより震災の復興支援をと考えていた編集部では、被災地に求人を出した。社宅も改めてリフォームした。幸い、被災地の方の中からお仕事を手伝って下さる人を見つけることもできたが、頭の隅には、数年前の灼熱体育館での体験がこびりついていた。

東北沿岸部の集団避難所の一つ、岩手県の体育館には依然大勢の人が暮らしているという。お金や人脈のある人は、とうに避難所を出たり、他県で新しい生活をスタートしていると聞いた。

今、体育館に残っているのは、お金も身寄りもなく、地元から離れられない高齢者が中心なのだ。一説によると、体育館内の温度は外気温に比べ、最大5℃高いという。六月初旬の報道では、宮城県気仙沼の避難所では上昇する体育館の気温が30℃に達し、「冷蔵庫、扇風機、空調設備、義援金を早く！」と、訴えていた。

想像するだけで、エアコンのかかった我が家の快適さを切り分けて届けたい衝動が湧き起こる。

どうすればいいんだろう。

そんな折、わが村吉祥寺をブラブラと散歩していたところ、一軒の民芸店に足を止めた。以前も何度か入ったことのある「アフガニスタンバザール」という、その名の通り、アフガニスタンのドレス、キリム、そしてブルカまで販売する異色の店だ。

吉祥寺には井の頭公園に抜ける商店街沿いやハーモニカ横丁など、アジアの雑貨や服をにぎやかに販売する店がとても多い。私も、安く着心地良いインド綿のチュニックなどを求めてよく立ち寄るが、正直、どこも似たりよったりで店名すら覚えていない。けれど「アフガニスタンバザール」は別格だ。9・11以降、イスラム＝テロリスト＝怖いというイメージが焼き付いて、イギリスの空港でもイスラムの人々に続いて入国審査を待つと、やたらチェックに時間がかかってしまう。テロの起きたアメリカやイギリスで、アフガニスタンの人々に対する当局の厳しい警戒を見てきた私としては、わが村に二〇年も存続するこの店を不思議な面持ちで見ていた。しかも店はカトリック教会の関連施設が入った建物の一階にある。

昨年もやっていた「アフガニスタンバザール」の閉店セールは依然続いている。あの時は友達と二人で店頭に吊されていた一枚一〇〇〇円の特売品、麻のような肌触りの薄

手のシャツを物色した。V字に開いた胸元のカラフルな刺繍がいいなと思い、アフガニスタンの服という珍しさも手伝って、ワゴンの中を掘り始めた。

普段XSサイズを着る私がやっと見つけたSサイズに手を伸ばすと、「絶対に小さいよ。お客さんはMかLがいい」と、後ろから声が飛んできた。振り返ると店のご主人が立っている。アフガニスタンの人だ！

初めて聞いた流暢な日本語は、おっとりしていた。

試着するのも面倒だったので、「Lじゃ大きすぎると思いますけど」と、手にしたシャツを鏡の前であてた。

「絶対小さいですよ。それは日本の子どもが着てちょうどいいサイズです」

店主は私に合うサイズのものを店の奥から

いくつか出してきた。中には定価のものも混じっている。

「できれば特売品になってるシャツが欲しいんです」

友達も調子を合わせ一〇〇〇円のものがいいと言った。

ご主人はふう……とため息をつき、一〇〇〇円のはパキスタン製ですよ。アフガニスタンの服は手作りだから安くない。このドレスは一万円以上すると説明した。

よく見ると、彼は絢爛豪華な刺繡の入ったエスニックドレスを持っていた。上着付き、鮮やかな赤や緑の布で仕立てたロングドレスだ。これがアフガニスタンの服かと、きらびやかな民族衣装を眺めた。

そんな私達をご主人は面倒がることもなく対応したのち、店の奥で伝票を書いていた。

結局、あくまで特売品にこだわり続けた私達は、ご主人の言うLサイズのシャツを購入した。パキスタン製レーヨン素材というが、袖口も裾も広くてデニムに合わせるといけるかもしれないと納得し合った。

店内に掲げた不思議な文字。その意味を尋ねると、「我慢強く仕事と祈りに精を出せば、必ず報われる」というコーランの一節らしい。

珍しいものばかりで、二人とも落ち着かない。

レジで会計をしていると、今度は「ハザラジャート　イマームアリ病院にご支援をお願いします」という写真入りの貼り紙が目に留まった。

「ご主人はアフガニスタンから来たんですか」

おっかなびっくりで、一番聞きたいことを尋ねた。

「そうです。八五年に来日しました」

真面目そうなご主人は、静かに答えた。

「いいですね、私も一度行ってみたかったんです。カブールですか」

「いいえ、中部のハザラジャート出身ですよ」

私は再び壁の貼り紙を見た。この砂地のような村はご主人のふる里なのだ。

正直、アフガニスタンについてはいくつかの本を読んだぐらいで、それほど詳しくない。『君のためなら千回でも』『千の輝く太陽』は、タリバン政権下の不条理な弾圧と民族間の対立、非情なまでの女性差別が描かれていて、読んだ後、数日間重たい気持ちになった。

映画も見た。結婚前に恋人の子どもをはらんだ女性が目隠しされたまま広場に引きずり出され、群衆が投げた石によって殺される場面は正視できなかった。どんな理由があろうとも女性の婚前・婚外交渉を許さず、たとえ身内といえど家族の名誉を守るために女性を殺害する「名誉の殺人」。

多民族国家イギリスでも論争はあり、話を聞くたび、自分がもし、あの国に生まれたらどうしただろうと身がすくんだ。

目の前のご主人は何らかの事情があって国を出たのだろう。そうして異国の地、「住みたい街ナンバーワン」の吉祥寺で店を開いて生きているのだ。いや、吉祥寺だからこそアフガニスタンの雑貨や服が売れて、祖国を援助するという志を抱いたのかもしれない。

「ご主人は病院を作ろうとしているんですね」

さらに話を聞こうとすると、もうすぐここを閉めるんですよ、と返してきた。

「えっ、どこかよそへ移るんですか」

「できればここで、自分で撮影したアフガニスタンの子ども達や町の様子の写真を展示する写真展をやりたいんです。その後、改装してアフガニスタン風のカフェにするかもしれない」

「アフガニスタンのカフェですか」

ご主人は、まだハッキリしないけど郷土料理、カレーを出すかもと言い、閉店セールは続いていますから、また来て下さいと笑った。

胸がドキドキした。生涯話すこともないかもしれないアフガニスタンの人とわが村で話したこと。その人の商売が偏見や差別に邪魔されることなく二〇年以上も続き、わが村でゆっくりと夢を実現させていること。その先にまだ見ぬ異郷に暮らす人々への支援があるということに。

店の外に出ると、調布や深大寺から走ってきた吉祥寺を目指す乗合バスが通り過ぎた。乗客もまばらで、吉祥寺通りの街路樹はすっかり宵に染まっていた。

「何か、不思議な店だよね。中央アジアにつながってるトンネルみたいでさ。やっぱり吉祥寺ってすごいよね。何でも受け入れて、この町の文化の一部にしてしまうんだから」

東京の下町、亀有に暮らす友人は、一〇〇〇円のシャツが入った袋を大切そうに握りしめていた。

家に帰って「アフガニスタンバザール」のホームページを開けたところ、ご主人は旧ソ連軍の侵攻による戦争を逃れて一人で祖国を脱出し、日本人と結婚したとあった。彼の故郷はアフガニスタンの中央高地、ハザラジャートのタブスク村、山あいの農村だという。また、この村を含めた周囲一七の村に暮らす約六〇〇〇人の生活は大変厳しいらしい。病院もないこの地域の人々は、何日もかけて病院まで行く途中、盲腸で命を落とすこともある。

村に病院をつくることは、ご主人の悲願だったのだ。

病院は二〇〇六年に開業して以来、ご主人の稼いだお金と、村で撮った写真をポストカードにして売り上げた寄付によって運営されてきたという。現在、イマームアリ病院は産婦人科から歯科まで、この地域の全ての医療を引き受けている。

ホームページをよくよく読むと、彼は約二〇年前に小学校も作っていた。両親と兄弟が住む村とはいえ、自分たちの生活から息の長い支援を続けているのだ。

再び、灼熱地獄になる東北の体育館を想った。

新聞によると、震災後、被災地へ向かうボランティアは減少傾向にあるという。今日の気温はすでに真夏日、30℃を超えている。沿岸部では、ハエの駆除や粉じんにも悩まされている。

「アフガニスタンバザール」で見た荒涼とした山岳地帯に建つ病院は、まるで被災地の体育館のようだ。

これからが私の出番なのかもしれない。

妙な決意が固まった。

夏の被災地でわが村を想う

願えば叶う、求めれば与えられる——

ある朝、新聞を読んでいた私は、枕元に包丁を置いて団地で独り眠るおじいちゃんの記事に衝撃を受けた。電気のない被災地には泥棒も多く、防犯のため夜もおちおち眠れないという。押し入った泥棒を包丁で撃退したおじいちゃんは、ひもじくて翌日分の配給のおにぎりを真夜中に一人で食べた。これで次の日は食べるものがないと腹をくくって……。

何とむごい話だろうか。

独り身の彼を何とか捜し出して、料理を作ってあげたい。見張り役を買って出てもいいし、望むのであればわが村に連れて帰ってもいい。そもそも、なぜこのような力なき人を国は放置するのだろうか。

昼間でさえ薄暗い、被災地の荒れ果てた公団住宅が脳裏をかすめた。

ところががさつな私は、わざわざ切り取ったその記事をどこかにやってしまい、頭の中に残ったのは岩手県山田町という地名だけだった。

それを頼りに方々の避難所に連絡を取り、ボランティアさんや県職員など、複数の携帯を経由するうち、最後に岩手県山田町にある小学校の支援ダイヤルに行き着いた。体育館に詰める若い男性が携帯に出て、そういった話ならKさんが詳しいと教えられた番号にかけてみた。

被災者の代表というその男性は、とても丁寧にこちらの質問に答えてくれた。

Kさんいわく、新聞記事のおじいちゃんは多分この地区の人ではない。この辺りは充分過ぎるほど配給がありますからとのこと。

(新聞で読んだおじいちゃんは全く別の地区の人だと、後日、新聞社の記者にも教えられた)

まったく、早とちりな私だが、このことがきっかけでたまたまつながったKさんと何度も話すことになる。

人の縁とは不思議だ。

直接被災者に知り合いのいない私は、現地の様子を詳しく知りたいと思っていたし、新聞記事の老人とKさんがダブって仕方なかったということもあった。

最初は遠慮がちだったKさんからは、話すうちにポツリポツリと本音が漏れた。今避難している体育館には網戸がなく、暑くなるにつれ虫が入ってくること。がれき撤去作業でどろんこに汚れて帰ってもお風呂が無いからつらいこと。県に申請しても扇風機も来ないこと。報道からは感じ取れない歯がゆさに、どうすればいいのか考えた。

Kさんの家は流され、勤めていた会社も被災してその立ち上げ作業も始まっているという。それなのに彼は県の職員と共に、体育館に避難している人々をまとめ、私のような「何か必要なものありますか」「〇〇さんを知りませんか」というような外部との対応もこなし、激務にさらされている。

けれど、いつ電話してもイラついた様子を見せない。

「一時は二〇〇人ほどいたから、せっかく皆さんからいただいた支援物資も、一〇〇個だけだともらえない人が出て、気の毒になるんですよ……」

「ああ、そうですよね」

「ジャンパーを分ける時もそういうことがあって……。やっと人数分揃ってシャツが届いても色が違ってたり、形が違ってたり、いろいろあるんです。当然、好きなものを持っていってとなると、元気な人が先に来て取っていって、体が不自由な人やお年寄りが最後になってしまう。そういう時なんかは、例えば「男性のLサイズ配ります」と呼びかけ、「並んで下さい」という。その代わり、今置いてある上から順番に渡すから、文句は言わないでねと。文句を言う人は遠慮してくれと」

「大変ですね……」

体育館で繰り広げられる日常に聞き入る私。

「そこまで言って、それでも実際モノが来ると、あっちがいいとか、こっちの色がいいとかあって、何回も怒りながら渡したんですよ」

そんなことからKさんは代表みたいな形になったという。

「みんなここで元気に過ごしてもらって、これからもやっていかないといけないと思っておりますから」

あくまで責任感の強い人だ。

連日、国のふがいない対策にうんざりしていた私にとって、水産加工会社に勤めていたというこの男性は、生まれつき人の先頭に立てる資質を持っていると心を打たれた。

すでに書いた体育館での酷暑体験から、メーカーの方々のご協力でKさんの暮らす体育館に大型冷風機を二台届けるところまでこぎつけた。

高齢の被災者は津波の恐怖にさらされた上、長い避難所暮らしで気力、体力共に落ちている。そんな彼らを熱中症にさらしてはならないと、東京・足立区にある冷風機販売会社の所長さんに話したところ、わずか一時間でうちも協力しますと一台提供の申し出をいただいた。

ところが翌日、「困ったことが起きまして……」と所長さんが曇った声で連絡してきた。「今からだと完成が七月中旬になりそうなんです。省エネでコンセントに差し込める可動式の冷風機なんで注文が殺到していて……」

そこを何とか、人助けですから急がせて下さいと拝み倒した。人の良さそうな所長さんは、何とかしてみましょうと言ってくれた。

はたして、その言葉通り、七月に入ってすぐに冷風機完成の吉報が入り、工場から製品を被災地まで直接搬送して下さった。

私もスタッフを伴い、取り付け作業に同行することになった。

携帯で話すばかりのKさんにもお目にかかれると、手土産代わりにハエ取り紙と凍らせた二リットル入りスポーツドリンクを四箱レンタカーに積んで、一路岩手県沿岸部を目指す。

ロンドンに拠点を持ってからは日本とイギリスの行き来で精一杯。国内移動といえば、講演などで出向く関西を中心とした全国主要七都市が多かった。

愛する村、吉祥寺を離れるのも久しぶりだ。

出発前にいつものリンパマッサージを受けながら、ナカタさんに尋ねた。

「もし、震災で吉祥寺が壊滅的な被害を受けたら、次はどこでサロンを開きます？」

ナカタさんはいつもより手に力をこめて、ゴチゴチに固まった締切り直後、首回りのリンパを流してくれる。本日のアロマオイルはサンダルウッド系、深い森の香りが漂う。

「う…ん、難しい質問ですね。郷里の沖縄になるんでしょうが、長年お付き合いいただいたお客様とお別れして、ゼロからやり直すんですものねぇ」

都会の片隅にあるわが村でさえ、知らぬうちに人とのつながりがある。顔見知りの安心感は、たやすく断ち切れない。

目を閉じて考えた。

何かあれば、いつでもロンドンに飛べると思っていた私にとっても、日常の中にそこはかとなく息づく、わが村の面々——娘や菜子さんやナカタさん、路地裏商店や甘栗屋さんに至るまでが、ある日を境に消失してしまったらどうなるんだろう。

この村一帯が焼け野原のようになって、荒野になってしまったら。

その時、着の身着のまま駆け込んだ先の体育館に、一方的に知ってるつもりのバロックワンピースを売る店主や、良くしてくれた農家のおばちゃんがいたら、たまらなく懐かしくなり、自分の人生の軌跡をかき集めるように声をかけ、一緒に頑張ろうと励ますだろう。

ましてや、それが農業や漁業に従事して、共に働いてきたご近所さんだったら――。風邪をひけば見舞ったり、いただいたものを分かち合いながら生きてきた人達は、巨大津波に見舞われ、生死を分かつ体験をも共有したのだ。どれだけ私が寄り添ったとしても、外の者には立ち入れない強い絆で結ばれているに違いない。

さて、被災地に向かう道中、『遠野物語』で有名な岩手県遠野市に、地元で切り出した杉で建てた立派な仮設住宅があったので中を見せてもらった。木の家特有の良い香りが漂う。２ＤＫのウッディな平屋はリゾート地に建つコテージのようだ。

この仮設住宅は遠野の住宅街の一画に建ち、目の前には公園が広がっていた。遠野市は吉祥寺のある武蔵野市と友好都市であることを思い出す。

「ここなら私も住んでみたいです」

と、現場を取り仕切る棟梁に言った。アリが這いずり回り、雨漏りトラブルの多発するプレハブ仮設とは雲泥の差がある。現場の看板には施工業者と共に、東大はじめ、いくつかの建築事務所の名が列記されていた。進化する仮設には多くの識者の知恵も加えられている。

ここを訪ねるボランティアは、一軒ずつ住戸のドアを叩き、

「今日は変わったことないですか」

「お弁当、持って来ましたよ」

と、住人とやりとりをするのだろうかと考えた。日がな一日、誰もいない仮設の部屋で、おじいちゃんはテレビを見て過ごすのだろうか。

孤独死――がちらついた。

山田町を訪れた日は、よく晴れた夏日だった。どこまでも青い海辺の町。だがそこはマンション建設前のだだっ広い更地のごとく何もなかった。ところどころに残る傾いた家がモニュメントのように映った以外は。

町を横断する用水路の黄色く澱んだ水からは、生臭い腐敗臭が漂う。
体育館は平地と高台を分かつ緩やかな傾斜地に建っていた。
私達を迎えてくれたKさんは、背の高い紳士的な人だった。内心、迷惑にならないか、こちらが送ったものは過不足ないかなどと心配していた私に、電話で話す時のように丁寧

に接してくれた。

昨日は風邪で寝込んでいたらしい。疲れさせたら悪いと、重たい冷風機にメーカーの人がてきぱき水を入れて、体育館のステージによいしょと、皆で上げて、何度か試運転したのち設置は完了した。


落ち着いて見渡すと、学校や仕事に出かけたり、散歩に行ってしまった人も多いのか、畳敷きの体育館は閑散としていた。

「ここには同じ地区から逃げてきた人が多くて、みなさん顔見知りなんです。だからテレビでよく見る間仕切りも、最初から立てようと思わなかった。話ができなくなるからみんながいらないと言って、だだっ広いままなんです」

Kさんの説明を聞きつつ、体育館を眺めると、テレビを見る人、洗濯物を畳む人、畳に膝を伸ばし談笑するおじいちゃん、おばあちゃんもいる。

「Kさんの寝場所はどこですか」

尋ねる私に、あそこですと舞台の隅っこを指差した。一画に布団や生活道具が積んである。あまりジロジロ見ては悪いと思い、目を伏せた。舞台の上なら、いざという時も速攻で全員に呼びかけられるのだろう。

「もし、次に地震が来たら」

幾度となく、そんな言葉がKさんから漏れた。

彼はこの近くの仮設へ入居が決まっているらしいが、最後の一人が体育館を出るまで、責任を持って見届けるという。

少し気が引けたが、吉祥寺の社宅を空けて被災者を受け入れる準備ができていると、作ってきた貼り紙を渡した。

Kさんは皆に説明して貼り出しますと言ったが、じわりとむなしさが広がる。


彼によると、地元を離れ孫の家に避難したおばあちゃんが、話し相手がいない、地震がきても知らない土地ではどこに逃げればいいか分からないと、体育館に戻って来たという。

現代人は孤立しているというが、震災によって日本人がいかに人の輪の中で幸せに生きてゆく民族なのか、改めて考えさせられた気がする。

ここに来て、住宅メーカーや不動産会社による吉祥寺の「住みたい街ナンバーワン」という冠が絶対ではないと、つくづく思い知らされた。町が押し流されてただの荒れ地になっても、ここを離れて他のどこかに行くなど、この人達の選択肢にはないのだ。住みたい街は、住み慣れた街以外にない。

「この社宅ですが、仕送り困難な被災者の子どもさん達でも受け入れます」と付け加えると、「そうですか。なら聞いてみます」とKさんは言った。

体育館の外には子ども達が相撲を取る土俵があったが、そこも洗濯物を干す場所となっていた。たくさんの竿竹に吊されたTシャツやジャージが、夏の青空のもとではためいている。農家の庭先に見る田舎の光景だ。

吉祥寺を遠く離れて、東北の被災地を訪れているのに、吹き抜ける和やかな風の心地良さ。それは、週末ごとにわが村を闊歩する時に感じるやすらぎだった。

ハットリ宅で見た夢

普段何気なく通り過ぎる場所に慣れすぎると、目にするほとんどの風景が脳にへばりつく一枚の画像となって、隠された宝が見えなくなってしまう。

通勤、通学路、保育園までの道のり。いつものルートを、日替わりで変えるだけで人生は大きく変化すると、英国の心理学者が語っていた。

すっかり行き慣れた英国コッツウォルズ地方で、隠された村（Hidden Village）の話を聞いた時も胸がザワついた。東京都くらいの大きさのコッツウォルズ地方には一〇〇近い村があるが、さらに目をこらすと、今は無き村の痕跡が廃墟と共に残っているというのだ。

現地観光局の初老の責任者が言うのだから間違いないはずと、地図を広げ、だいたいの場所を教えてくださいと頼んだが、「はて、レイコック村の近くだったか、バイブリーのはずれだったか……」と、眼鏡の奥の青い目が揺れる。

「メイビー、この辺りでしょうか」

と、指差すものの、うろ覚えな記憶をたどっている様子だった。

もしかしたら「隠された村」は、どこかで聞いた話が彼の記憶の中で、まことしやかに形成されていった虚像かもしれないと思った。

ある時、地方在住の青年が、どうしても雑誌記者になりたいと私の会社の面接を受けに来た。九州のとある漁村で運送業に就く彼は、貯金も、出版社で働くキャリアもない。「下積みですから、どんな雑用もやります。雇っていただけるのならカバン一つですぐ上京します」という青年の気迫に押され採用した。

住まいはどうするんだろう。うんと郊外に行くか、シェアハウスか、風呂無しアパートしかないだろうか。

ところが私の著書を読んだ青年は、「できることなら吉祥寺に住みたい」と、吉祥寺在住のスルメ部長に頼み込んできたらしい。

「無茶ですよ。吉祥寺で家賃三万円以内の部屋を紹介しろと言っているんですから」

彼はすでに逃げ腰だ。

ネットで検索すれば吉祥寺の家賃相場が安くないことは分かるはずなのにと、他の私鉄沿線を勧めてみた。すると彼は悲しげな顔をし、自分も探しますから、吉祥寺で良い物件があればぜひ連絡下さいと傷ついたような表情で頭を下げて帰った。

その線の細さにもしかしたら、彼はアルバイト止まりかもしれない。あるいは長く続かないかもしれないと思った。

けれど長崎で育った私が高校生の頃、東京といえば原宿だったように、あの青年にとっては、わが村に住むことが就活以上に大きな目的になっているに違いない。

どうにも気になったのと、従来の不動産好きが頭をもたげた。

吉祥寺で家賃の安い順に物件を検索してみる。

「木賃アパート」と呼ばれる、大地震がきたら途端に倒壊するような物件が出るわ、出るわ、二万円台後半から結構ある。けれど住所を見れば名ばかりの吉祥寺で、ほとんど隣町だったり、一階で陽当たりが悪いうえ、取り壊すまでの短期貸しだったりと、難点のあるものばかりだ。地方出身の無垢な青年にはおいそれと勧められない。

そんな時、別のサイトを見ていると、瓦が落ちかかったようなあばら家が目に留まった。懐かしい。これぞ幼少の頃、私が暮らしていた、原爆で被爆し板貼りの外壁が真っ黒く焼けた長崎の木造民家のような佇まいだ。

あばら家は、「ハットリ宅・貸倉庫」とあった。居住用らしいが倉庫として出すということは、相当古いのだろう。

地図を見て驚いた。わが村でも最も人気の高い商店街から、わずかに奥に入った路地に建っている。何か一つに特化している個性的な食べ物屋や雑貨店が目白押しの超人気エリアだ。

さらに驚いたのが、賃料が二万円で管理費不要とのこと。

間取り図を見ると三畳間に簡易ベッドと天袋がある。しかも、32号室まであるとは部屋が三二室あるのか。一体どんな造りなんだろう。まったく想像できない。

青年のための部屋探しということはすっかり抜け落ち、さっそく次の日、内見に出向いた私。鼻歌にスキップで。

物件管理をする不動産屋の担当者は、ハットリ宅にぴったりのレトロな水玉ブラウスを着たおばちゃん。

「お宅が住むんですか」

会うなり尋ねられ、「ええ、まぁ」と軽くかわした。

「まぁ、そうなの。でもエアコンもないし、正直、建物はかなり傷んでますよ」

それでも物件を見たい一心で、自宅以外に仕事場を探していまして、などと答えた。

すると安心したのか、それなら場所はとってもいいところだし、おばあちゃんが一人で住んでいるから汚いけどと、案内してくれた。

何のことはない。場所は見慣れた知人宅の目の前、ビルとそこそこ普通の戸建てに囲まれた一角の奥まった場所に、ハットリ宅はひっそり佇んでいた。

発泡スチロール箱に植え込まれたアロエ、奥深い玄関に向かって鬱蒼と庭木が覆い茂っている。

「この前を何度も通っていたのに気付かなかった」

一人ごちる私より先に不動産屋のおばちゃんは「ハットリさーん、おばあちゃーん、いますかー」と、大声で家の中に顔を突っ込んで叫んだ。

ギョッとする私に、大家のおばあちゃん、耳が遠いのよと教えてくれた。

はたして共同玄関の奥からよろりと現れたのは、木綿のダボッとしたワンピースを着た人の良さそうなおばあちゃんだった。

「ようこそおいで下さいました」

事前に電話が入っていたらしく、おばあちゃんはよそいき顔で私達を迎えてくれた。

「これが皆さんでお使いいただく下駄箱です。ふたが付いてますから自分の名前を書いて下さい」

どうやら私が入居を決めたものと勘違いしているようで、不動産屋のおばちゃんが「違うのよー。今日は、こちらのお客さん、お部屋を、見に来ただけですからねー」と、大声を張り上げ説明する。

戦後まもなく建ったというこの建物は、少し広めの共同玄関を上がると、トイレが二つあり、その向こうに恐ろしく散らかったおばあちゃんの居住区、台所と和室がある。黒光りする板張り廊下の先に、民宿で見るようなステンレスの共同洗面台がある。水道の蛇口が二つ付いているだけ。その横に申し合わせたような一口コンロが置いてある。ここが共同炊事場となるのか。

「実はね、ここ、倉庫で出してるけど昔の下宿屋さんなのよ。今の人は贅沢になってエアコン、オートロック、ネット回線がないとダメでしょ。でもね、昔の学生は質素で、真面目で、勉強だけをしていたから、こういう所に住んでいたの。仕送りが足りないと早朝から新聞配達なんかもやってね」

良く言えば昭和レトロだが、ひょっとして日雇い労働のおじさん達に囲まれたらどうしようと、不安がよぎった。

「NHK朝の連ドラみたいですね。あの、今ここにどんな方が住んでいらっしゃるのですか」

「お勤めの会社員の方が二人だけだから安心して下さい。その方たちも出張が多くてあまり帰ってこないみたいだから。さ、どうぞ。こちらが三畳の部屋よ」

おばちゃんは、重たい一階の部屋の引き戸をよいしょと開けながら言った。

「お勤め先もそこそこの会社。変な人はいらっしゃいませんよ」

少しホッとする。

「お部屋は一階に一つ、二階にも五つだけですし」

「えっ、三二室部屋があるんじゃないですか。ネットに32号室って書いてありましたが」

するとと不動産屋のおばちゃんは、意味はないのよ、自分で100号室と書けばそれで通る世界なのと、当たり前のように答えた。


真っ黒に日焼けした木枠の窓が東と南に面して付いていた。開けるのに難儀しそうな網戸もない磨りガラスの窓。図面にあった作り付けのベッドの下はかろうじて収納庫になっていて、服は天袋にたたんでしまう仕様だ。いずれも触れると指先が真っ黒になる。

机すら置けない狭い空間には唯一、裸電球がぶら下がっていて、茶色にすすけたコンセントは一個だけという、まさに昭和の時代を切り取ったような空間だった。

「希望のお家賃、言ってちょうだい。こんな具合だからいくらでも交渉できると思うわ」

「えっと……一万五〇〇〇円とか」

「まっ、本当に気に入ってくださればたぶん大丈夫よ。おばあちゃんも女の人が住んでくれれば心強いでしょうから」

本来の目的も忘れ興奮する私。

「二階では一番良い部屋よ」と彼女が推薦した部屋は、少し広めの六畳和室。押し入れもあったが、何しろずっと掃除をしていないせいで部屋の四隅にほこりが吹きだまっている。ガラガラと窓を開けると、わびしい夕暮れ時の商店街が見えた。

おばちゃんによると、一人暮らしのハットリさんは耳が遠いうえに足腰も弱いため、自分の生活空間以外お掃除ができないそうだ。共同トイレも壁紙が剝がれかけ、何とか洋式に変えてあるものの、住人が交代で掃除をする規則もあるという。

面白そうじゃないか。煩わしいどころか、逆に言えばおばあちゃんと同居しながら、時々やって来るヘルパーさん以外、住人も不在がち。となればハットリ宅に手をかけるのは私だけということになる。

折も折、私はわが村で見つけた昭和の老朽家屋をリフォームしていた。その延長からハットリ宅の空き部屋を全部借りて、板張りの床や畳を雑巾がけし、ほこりをかぶった窓枠や建具を磨き上げた後、柿渋の天然ワックスをかけたらどれほど風情が出るだろうと想像した。

清潔になった部屋にちゃぶ台や行灯などを配して、下町風情漂う貸家が蘇ったら、きっと借り手が殺到するはずだと胸はずませた。

そうすればおばあちゃんも喜んでくれるかな。

そうやって、この家の番頭くらいに信用してもらえたら、もしかして雑貨屋さんくらいやらせてもらえるかもしれない。その時は村の子ども達が『千と千尋の神隠し』を思い出すような駄菓子屋を三畳一間で始めるのもいい。

一方的な想像はどんどん膨らむ。

ひょんなことからわが村で見たこともないような家を見つけた私は、さっそくハットリ宅入居計画を練った。

これぞおせっかいの極み、家好きもここまで来ると常軌を逸しているかもしれない。不動産屋のおばちゃんからはいくつか借りてくれるのなら、一部屋一万二〇〇〇円までまけると連絡があった。

ところが、良い物件が見つかったにもかかわらず、例の青年からは家の事情で上京できなくなったと連絡が入った。面談に当たったたスルメ部長は振り回されたと憤慨するが、私にとっては、彼のおかげで日常に埋もれていた宝を掘り起こすような経験ができた。

後ろ髪引かれる思いでハットリ宅賃貸の件はお断りした。けれど、もし、何らかの事情で私が部屋を探すとしたら、ぜひともハットリ宅を借りて、大掃除計画を遂行したい。

それからしばらく経って、わが村で同じような建物に出会った。井の頭公園に向かってブラブラ散歩していると、住宅街の中に一軒の旅館があった。てっきりその手のホテルかと思ったものの、ハットリ宅の名残もあり、通り過ごすことができなかった。普通の木造民家だが、旅館の看板がもの悲しい昭和風だ。

ごめん下さいと訪ねた玄関周辺は、純然たる和風旅館で、出張で上京したような会社員風のおじさん達がステテコ姿で談笑していた。どうやらカテゴリーはビジネスホテルらしい。

わが村でホテルといえば東急インか吉祥寺第一ホテル。いずれも都心並みの値段なのに、いつも予約で埋まっている。平日は契約会社、NTTデータ、横河電機関連のビジネスマンが多く、週末は家族連れ、若い女性も多い。そんな吉祥寺の駅に近く、井の頭公園至近という高級住宅街に、ごく普通の和風旅館があったことに感動した。

和室で一人一泊五六〇〇円とネットにある。小さな和室を寝床とお座敷に区切った造りは、外国人が見たら喜ぶはずだ。三泊以上泊まるとお洗濯を無料でやってくれるサービスも長期滞在者にはありがたい。しかも玄関を出たら井の頭公園という絶好の立地。池を見やりつつジョギングもできる。イギリスに暮らす友人の顔を思い浮かべ、次は絶対ここに連れてこようと思った。きっと喜ぶに違いない。

さらにグレードアップされた昭和の名邸は荻窪にもあった。昭和六年に建ったという戦前の歴史をとどめるドーム屋根を持つ割烹旅館「西郊《せいこう》」だ。ここも娘と買い物に出かけた帰りに散歩をしていて偶然見つけた。同じく中を見たい一心で駆け込んだが、足を踏み入れるなり、その年代を感じさせる造りとご主人の風格に圧倒された。わが村吉祥寺のハットリ宅が庶民の下宿屋なら、この宿の敷地内に建つ「西郊ロッヂング」は、登録有形文化財として閑静な荻窪の住宅街に異彩を放つ文士の下宿屋だ。

荻窪でまかない付きの下宿は最盛期で四〇軒以上もあったが、今は二軒だけと聞き、そういえば、ハットリおばあちゃんも昔は下宿生にごはんを作っていたと不動産屋が言っていたことを思い出す。だから厨房らしき場所がないのだ。

日本全国から集まってきた若者と囲む夕げは、質素だけれど、どれほどにぎやかだったことか。味噌汁や炊きたてごはんの湯気が、すすけたハットリ宅の天井に立ち上る。おかずは焼き魚と海苔の佃煮か。威勢の良いおばあちゃんは張り切って若い衆におかずやごはんをよそっていたことだろう。

そんな経験をできることなら吉祥寺でしてみたかった。

私は日常の隙間に存在する、「かつては実在していたが、今は風前の灯火となっているもの」、あるいは、「どこか神秘的な匂いのする場所」が好きだ。

吉祥寺に住んで良かったと心から思うのは、歩道が整備されたり、ショッピングセンターがリニューアルされたり、シアターが完成した瞬間ではない。このような開発は、何かが死滅することと表裏一体。開発以上の力を注いで修正しなければ、培ってきた文化まで失いかねないリスクがつきまとう。

わが村に住む喜びは、日常に埋もれたものを見つけた瞬間こみ上げる。それはまるでクローゼットの奥に眠っていたお気に入りの服をポッカリ発見したような、懐かしい喜びに満ちている。

街道のよろず屋カフェ

吉祥寺を縦横に分かつ道路の中で、一番心ひかれるのが五日市街道だ。数々のインテリアショップが軒を連ね、あでやかな印象を放つ井の頭通り、バスの往来が激しい吉祥寺通りに比べ、道幅も狭く田舎くさい。

横田基地のある福生に向かって西方へ進むと、とてつもない大木、ケヤキや古い農家が現れ、東京とは思えないひなびた景色が広がる。ところどころに「生産者直売」のノボリも上がり、つば広の帽子をかぶったおばあちゃんが、収穫した野菜をリヤカーで運ぶ姿は「夕焼け小焼け」の世界だ。

五日市街道は東京のアメリカ、空軍基地を抜け、さらに秋川、武蔵五日市、日の出町、檜原村に続き、吉祥寺よりさらに奥深い東京の秘境へと入ってゆく。

さて、五日市街道をわが村吉祥寺の商圏の端、八幡神社の交差点辺りから成蹊大学周辺のケヤキ並木を目指して歩くと、昔ながらの商店がポツリポツリとつながってゆく。「今すぐ配達して下さい」というリクエストに、面倒がりつつも必ず対応してくれるおじいちゃんが営む古道具屋っぽい家具店や、中年文化人男子のたまり場、東京で首位を競うほど旨い、ジャズが流れるおそば屋さんもある。

以前は街道付近に釣具店や銭湯もあったが、人通りがまばらで集客力がないせいか、いつの間にか消えた。村人の中には五日市街道を「ダサイ」「暗い」「マイナー」と敬遠する人もいるが、このうら淋しい情景が村であるゆえんなのだ。店主家族が二階に住む、昔ながらの商店にはぜひ頑張って欲しい。

思えばイギリスでは産業革命の頃、家族をめぐる決定的な変化があった。「われら失いし世界」と呼ばれる工業化以前の社会は、「世帯経済」が支配する社会で、あらゆる生産は家族単位で行われ、すべての人はこれに属し、父親という家長を中心に家族の情愛の絆で結ばれていた。ところが、工業化によって家長を頂点としたピラミッド的経済構造は崩れ、もっとスケール感のある大衆社会が現れた。

産業革命という近代化によって、情愛に満ちた家内制手工業は失われてしまったのだ。すでに書いたが、イギリスで店の名が「& SON」と付けば、それは親から子に継承された商いと分かる。だが、大量生産によってクラフトマンシップが衰退した現在、この手の店もめっきり減った。

北部ヨークシャーやスコットランドの町や村では、地味な服屋や日用雑貨店が「&

SON」を掲げ頑張ってはいるが、巨大スーパーに押され息も絶え絶えだ。

実際、田舎町の商店街ではレインコート一つ探すにも、古くさくて割高なものしかないが、「これは英国製で私も使っているが一生持つよ」などと説明されると、それが特別なものに見えて迷わず買ってしまう。

特典はこのような買い物のひとときに、大手量販店では得られないその地域の暮らしぶりや家族のあり方が透けて見えること。その稀少性を知っているからこそ、地元の人々は家族経営の「ローカルショップ」がつぶれないよう買い支えを怠らず、昔ながらの商いを守っているのだ。


ある時私は、開発やブームから取り残されたような五日市街道沿いの、前から気になっていた店を訪ねた。老朽民家に手を加えた店で、ネパール・インドの菜食スローフードが食べられるのだ。

メニューは野菜・豆が中心で、甘いデザートも東南アジアの屋台で食したようなもの。凛々しきネパール青年と大変センスの良い建築家の妻（日本人）が手がけたこの店は、カトマンドゥで見た夜の街を思い出させる。裸電球のもとで子だくさん家族が身を寄せ合い、通りに面した入口を開け放し、じっと外を見ていた人々を。

土と木と錆びた鉄がごちゃまぜになった古い書庫のような薄暗さ。かすかに音楽の流れる店内は、ギャラリー風というより、ご主人のルーツ、神聖なネパールの空気に満ちていた。

きなこチャイに、インドのスパイスとナッツの入ったクルフィという菓子を食べつつ店内を見渡すと、古道具屋から運んできたような椅子や、ガラスのジャーが並べてある。まるでよろず屋のようだ。

ふと見ると、ガラス棚の中に、生成りの柔らかそうなシャツが何故かたたんであった。「特売品のオーガニック・コットンシャツ」とあり、手に取ってみた。

七分袖のそれは、スフレのような柔らかさだった。

「これ、どうやって仕入れたのですか」と、尋ねる私に、「ネパールのマーケットで偶然見つけて買ってきたんですよ」と、厨房の女性が教えてくれた。

四〇代の終わり頃から、次第にオーガニック・コットンを意識し始めた。一度身につけて、その柔らかさにやみつきになった。だから、二〇〇〇円少々というこの店のシャツも、着ては洗濯を繰り返すお気に入りの一枚になるはずだ。

量り売りのスパイスやお茶に加え、カフェの窓辺にはたくさんの布が吊されていた。それはよく見ると大好きなストールで、陽に透けて涼し気だ。

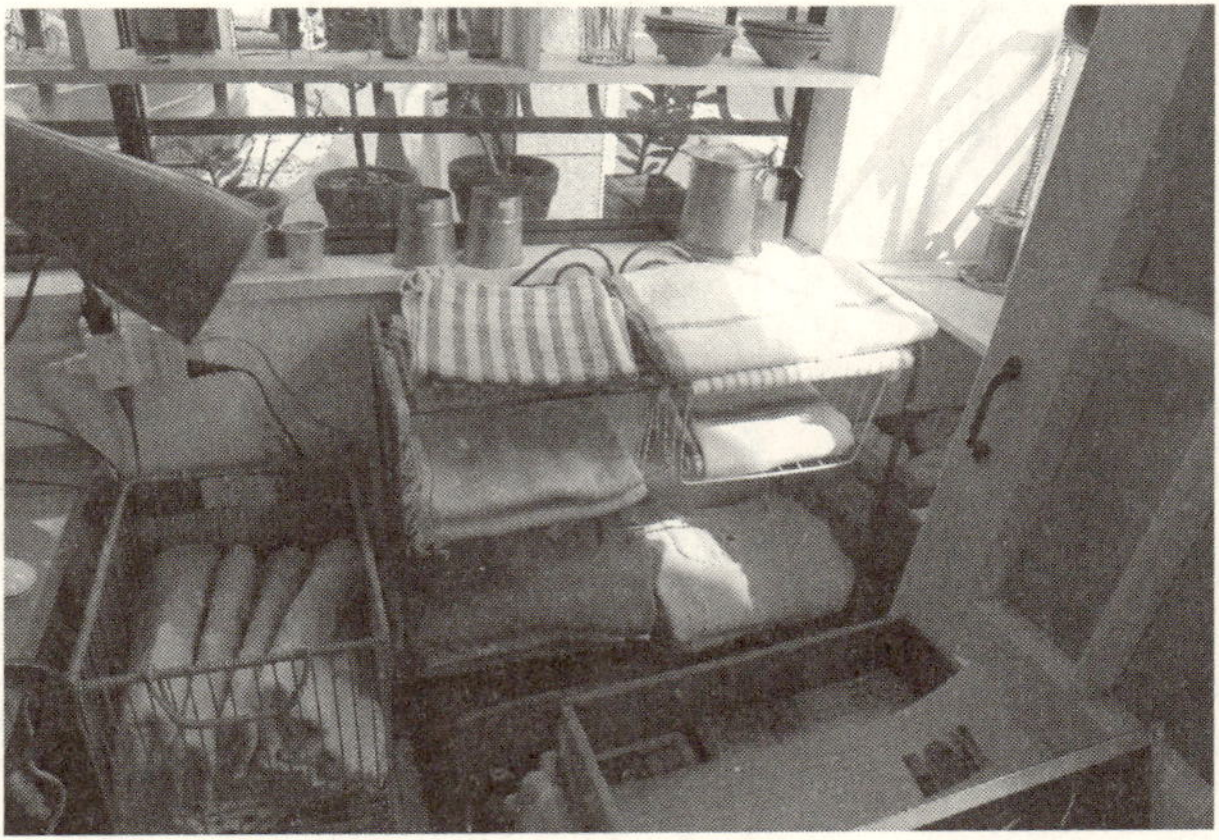

このコーナーを店の人は「アトリエ」と呼んだ。五日市街道を行き交うバスが窓の向こうを過ぎ去る。そんなわびしさに、ここは村の「よろず屋カフェ」だと勝手に命名した。

このような幸せな発見があるものの、「住みたい街ナンバーワン」とよそさまが賞賛するわが村では、老舗デパート伊勢丹が撤退してからというもの、不穏な変化が止まらない。

変わらない、変えない良さが我が村最大の魅力だったのにどうしたことだろう。

つい最近も、元伊勢丹（現コピス）前の一等地にあった衣料店が消えた。そうして、その跡地にできたのは何とコンビニエンスストアだった。「ガーン！」と吹き出しを入れたい衝撃である。市場、老舗スーパー、百貨店、アーケードに挟まれたよりどりみどりの商圏の中心部に、なぜコンビニが必要なのか。便利でありがたいはずの看板が、けばけばしく異様ですらある。

あまりのショックに思わず目をそむけ、通りを隔てた向かいの広いデッキを見た。ショッピングセンターに付随するここは、普段はなごみのカフェテリアだが、ライブが始まると爆音と人ごみをクリエイトする屋外ステージになる。

そういえば、音楽を聴いた後、デッキに座って唐揚げを食べる若者がいた。その光景は原宿の表参道、渋谷のハチ公前のようで再び顔をそむけることに。

わが村で起きている事をあらためてまとめると、

老舗百貨店撤退→買い物難民のジジババ→取り急ぎショッピングセンター誕生→若者誘導主義→屋外ライブ会場のおまけ付き→さまようジジババ→ドラッグストア＆コンビニ乱立→失われし世界、といった感じ。

裕福な雰囲気を醸し出していた武蔵野市の中高年が、むげにされているようで、情けないやら、口惜しいやらで胸が痛む。日本一人気の街と呼ばれているのに、吉祥寺の繁華街をどこにでもあるパターン化した街へと作り替えることに、なぜ行政は歯止めをかけないのか。

そのうち吉祥寺はマックやスタバやドラッグストアばかりが目抜き通りを占拠し、コンビニが市場を食い尽くす事態となってしまうだろう。

こうして村風情は次々と塗り替えられていくのか。若者を集客しようとショッピングセンターを作り、屋外ライブを展開しても、彼らがもたらす活気に購買力はついてこない。ブームに熱しやすく冷めやすい、よそさまのためにわが村があるのではない。

そういえば、日本初上陸のピザチェーン店がアーケード街にオープンしたが、客もまばらな店内は活気が無く、わずか八ヶ月で閉店した。朝のコーヒーを飲みに行ったらマネージャーらしき人が電卓を叩いていた。数百万円ともいわれる家賃のやりくりに大変だったのだろう。

読み違えたのだ。

わが村に遊びに来る若者は、相変わらずハーモニカ横丁の小籠包や商店街はずれのドーナツ店を好んでいる。

昭和レトロがブームである限り、それは続くのだ。

コンビニ出現に脱力した私は、田舎くさい五日市街道をてくてく歩き、ずっと気になっていたストールを見せてもらおうと、再び「よろず屋カフェ」に行った。

店に入ると盛夏にふさわしい麻や木綿のストールが目に飛び込んできた。縦じま、チェック、生成り、デザインもさることながら、手触りと生産地を確かめるべく、首に巻いたりタグを眺めたりしているうち、とても気になる一枚を見つけた。

それは大判のストールで、涼しげなブルーとベージュの縞々模様。

すると店の女性が、「カディはいいですよ。カディだけを集める人もいますからね」と声をかけてきた。

「このストールがカディというのですか」

「ええ、チャルカ（手紡ぎ機）を使って手紡ぎされた糸を手織りしたものなんです。糸は不均一だから風を通し、汗をすばやく吸収する。軽くて丈夫で、何より柔らかな風合いが気持ちいいから、一度カディを巻くと機械織りの布じゃ物足りないという方は多いですよ」

思わず「これください」とお金を渡した。

「The fabric of Freedom」として、今もインドの人々に愛され続けるカディは、予想通りすごい布だった。

何といってもこの布は、植民地支配の象徴であったイギリスの機械織り綿布への抵抗手段として、ガンディーがインド各地を歩き、手織り布によってインド人の自立を促し、普及させたのだから。機械ではなく、自分たちの手で紡いだ衣服を着ることを民衆に説いたガンディーの、静かだが大国に屈しない抵抗が込められている。

糸を紡ぎ、織ることはインドの解放と自由と非暴力の象徴だったのだ。

今では新興国と呼ばれ急速な発展を続けるインドだが、一九二一年、ガンディーが起こした「自分達が纏う衣服のための糸を、自らの手で紡ごう」という運動は、大きなうねりとなって独立運動を後押しして、仕事の無かった人々に雇用の機会を与えた。

「スワデシ（国産品）の無いスワラジ（独立）は、生命の無いただの屍に過ぎない。そしてスワデシがスワラジの魂であるならば、カディこそがスワデシの根幹だ」

手紡ぎ糸は、機械紡ぎの糸のように均一ではなく、でこぼことした独特の風合いを保っているが、このでこぼこが生地を織る際には非常に厄介らしい。

だが、途方もない手間がかかるカディ産業は、全インドにある農村部の家庭を支えてきたのだ。

吉祥寺で出会ったカディの、でこぼこで不揃いな風合いは五日市街道によく似合う。

そういえばガンディーは、貧しいけれど豊かな可能性を秘めたインドの村に注目した。彼は約六四万もあるインドの村に、カディを通して民衆の底力を呼び覚ましたのだ。

つまらなくなりつつある中心部とは逆に、街道沿いは刺激がある。

きっとカディのような情熱とでこぼこがある限り、わが村は村であり続けられるはずだ。

嫁入り前の秋祭り

「するんですよね、もうすぐ」

「はぁ」

「彼女ですよ、結婚」

「ああ、娘ね。まだ分からないわよ」

ある昼下がり、編集部のバルコニーで心地良い秋風に吹かれながらA君と話した時のことだ。


娘の結婚願望は昔から知っていた。彼女を出産した直後、私が離婚したせいで、二重保育を余儀なくされ、娘は頻繁にベビーシッターさんの家に泊まっていた。そこは新宿の高層ビルがそびえ立つように見える中野区のはずれ。石原都知事と都庁でお会いした折、「あのあたり、何とかしなきゃなぁ」と腕組みをして見ておられた地域だった。

都庁の高みからパノラマのように広がる東京。光と影のコントラスト。その中で老朽家屋密集地帯は真っ暗な日陰となって、「青春の光と影」ならぬリアルな東京を映し出していた。

おばあちゃんと娘夫婦の三人が暮らす、決して豊かといえない地区の風呂無し老朽アパートで、彼女は幼少時代の大半を過ごした。『いつかイギリスに暮らすわたし』（ちくま文庫刊）に綴られているその頃の様子を読むたび、当時の情景を思い返し、切なくなる。

倉庫やマンションに囲まれた私達が暮らすマンションの周辺に緑はなかった。コンクリートジャングルさながらの街。錆び付いた鉄の匂いのするブランコと、プラスチックのシャベルが放り出された砂場のある児童公園があるのみ。

異国情緒溢れる長崎から上京してきた私は、街を歩いて心が渇く感覚というものを都会生活で初めて思い知らされた。緑を欲した。けれど保育園やベビーシッターさんと離れられないシングルマザーゆえ、郊外へは越せない。

時折、ベランダから日の沈む西方を見ては、「いつか再婚して向こうの方に行きたいなぁ」と、夢を募らせた。作られていない自然、雑木林があって、畑が広がる東京郊外――。そこには今、吉祥寺で享受している「田舎暮らし」に表される人間らしい生活が詰まっているはずだと思った。

子を持てばライフスタイルを選択する幅が狭まる。ましてシングルマザーとなれば、人の助けなしで働き、子育てすることは難しい。

やっと歩き始めた娘を見ながら、それでものどかな郊外を夢見た。

日露戦争のあと、都市では整備のために家屋税などが増税され、それを嫌った人々が郊外に逃れ、無秩序で整備の追いつかないトタン屋根の貸家が、小市民のために建てられる。

昭和七年（一九三二）の一〇月一日には市区大改正が行われ、郊外が組み込まれて「大東京市」が誕生。人口が増え続ける郊外が区に昇格したのだ。その後も東京は拡大し続け、戦後、昭和二二年八月一日には現在の二三区に再編された。

急激な人口増加の圧力を受けて、居住地探しを余儀なくされた人々は、次々と都会の外に住まいを求めて流出していったらしい。

ああ、郊外。いつか住みたい緑の中の一軒家。選択肢は大まかに二つあった。武蔵野台地が広がる多摩地区か、七〇年代後半に登場したサザンオールスターズの影響で、その頃ブームとなっていた逗子、葉山のある湘南地区か。

同世代の編集者は、プチ田舎暮らしと都会生活の混じったどちらかにどんどん移り住んでいった。

福生の米軍ハウスで浸るアメリカンカルチャーか、三浦半島の小さな入り江に建つ木造家屋を改装して、衣食住を楽しむフレンチスタイルか——アパレル、マスコミなど自由業に就く人々は、夢を現実に変えてゆく。

八〇年代といえば、ちょうど「無印良品」が市民権を得て、実質が伴わないところてん方式、大量生産への疑問が高度経済成長とは別の流れを作り始めていた頃。セゾングループのオーナーで、かつ小説家、芸術家の堤清二氏は、機能性重視、実質本位の商品群を発想。シンプルなライフスタイルの提案を行おうと、ブランドの管理を現代デザインの巨匠である田中一光氏に託し、素朴でかつ使いやすい商品群を発表した。その反響は大きく、「無印良品」は、一九八九年に西友から独立し、良品計画という会社を設立。一九九一年には海外進出を果たす快進撃を繰り広げた。

質実剛健を愛するイギリス人にも「ＭＵＪＩ」は愛され続け、生成りやネイビーの服や、どんなインテリアにもマッチする雑貨がすんなりイギリス人の生活に溶け込んできた。

身動きのとれない当時の私にとって、安くてシンプルな「無印良品」をふんだんに使った、庭、もしくは雑木林が見える家を手に入れる生活は、未来への大いなる夢。幸せに成長する娘の姿をそこに重ねた。

その後、願いは叶い、再婚と同時に小学四年生になった娘を伴い武蔵野エリアに引っ越した。近くに上水路が流れる大きな共有庭とプールのある中古マンションでの暮らしによって、コンクリートジャングルと決別した。

果たして、吉祥寺「村」での日々は想像していたそれよりはるかに素晴らしかった。越したばかりの頃、娘はお小遣いが入ると自転車に乗って、嬉しそうに村の中心部にある「無印良品」に、メモ帳や靴下を買いに出かけて行った。

その後ろ姿を見送るたび、彼女もいつか生涯の伴侶と出会い、私のもとを離れていくのだろうかと思った。

そんな事を考えつつ、残暑が続くわが村、吉祥寺を歩いた。

虫の音も聞こえ、夏から秋へ移ろうこの季節、村のあちこちに提灯が下がる。週末ともなればみこしを担ぐ人々で交通渋滞が発生し、駅周辺の商店街も人だかりで回り道しなければならない。

「ワッショイ、ワッショイ」

威勢の良い青年達のかけ声を、よそ様らはぼんやり見ている。

今ではすっかり吉祥寺の風物詩となっている吉祥寺秋祭りは、昭和四八年、恒例の武蔵野八幡宮例大祭にサンロードと平和通りが一緒になって神輿を出したことから始まった。昭和五七年には規模も大きくなり、神輿を招く手古舞が登場。男性が白塗りで扮装して参上と聞けば、村人の秋祭りにかける意気込みが分かる。

昭和六一年には祥南会（南口商店会・パークロード商店会）が神輿を作って参加することとなり、北口六商店街に加え、南口商店街周辺にも祭りが広がった。

二日間に渡って行われる祭りには、武蔵野八幡宮の宮神輿の他、各町会の自慢の神輿が思い思いのコースで練り歩く。それぞれに特徴あるかけ声、担ぎ方が楽しめ、最終日の夕刻には祭りのフィナーレを迎える。

雄々しい「宮入り」だ。

それはどこか故郷、長崎の「くんち」を思い出す。

長崎の氏神である諏訪神社に舞を奉納するくんちには、中国渡来の龍踊《じやおど》りを始め、七年に一度の「コッコデショ」など、和洋折衷、たくさんの出し物が出る。

毎月一〇月上旬の三日間開催され、私が小学生の頃は、学校自体、休みや半ドンになっていた。

今でも「くんち馬鹿」と呼ばれる祭り好きは、見物席を確保するため、長崎・諏訪神

热烈
欢迎
樺島町
天空舞

社の七三段ある石段の両側を徹夜で確保する。

一番人気は総重量一トンのカラフルな太鼓台を担ぎ、宙に放り上げ受け止める「コッコデショ」だ。担ぎ手はスターのごとく扱われ、女性の熱い視線を浴びる。「コッコデショ」に出るため、わざわざ指定町の樺島町に移り住む人もいるらしい。

海外交易の窓口だった長崎ならではのこの出し物は、船乗りたちの宿のあった樺島の人々が船乗りから教わったという。

担ぎ手達の荒々しいかけ声は、ロシアの船こぎ唄「ヴォルガの舟歌」のように激しく魂を揺さぶる。

偶然、市内を練り歩く「こっこでしょ」に遭遇した私は、男達の迫力を目の当たりにして、号泣しそうになった。

さて「神の乗り物」として現代に継承される神輿は、もともと古代の収穫祭の祭壇が起源といわれ、主に農村地帯において収穫を感謝する秋祭りを彩る、重要な役目を果たしてきた。

イギリスでも秋になるとハーベスト・フェスティバル（収穫祭）が方々で開催される。コッツウォルズのはずれの村、フランプトン・オン・セバーンでは、村人たちが家庭で作った料理を持ち寄り、古い納屋で開催するハーベストサパー――収穫を祝う食卓に招かれた。そこでは庭で採れたリンゴ、頂き物の食器、主婦が焼いたケーキなどが寄付され、不要品をビンゴゲームの景品にするなど、つつましやかな村の行事が繰り広げられていた。

「人と触れ合い、村人たちが結束しているから、この村に越してきた」と語るロンドン出身の元教師は、妻や息子と共に納屋の晩餐会で素朴な家庭料理——じゃがいもをつぶし、ひき肉を混ぜ入れオーブンで焼いたコテージパイやリンゴのデザートをおいしそうにほおばっていた。

秋から冬へ——葉が色づき始める頃、人は人を恋しく思う。神に感謝し、大地の実りを住人と分かち合う祭りは、縁遠くなりがちな地域との「つながり」を引き戻してくれる。

娘はわが村に秋が来るたび小銭入れを握りしめ、友達と連れだって八幡神社に並ぶ屋台に出かけて行く。

コンクリートジャングルやニュータウンに欠けているものは、人間らしい営みか。わが村の秋祭りに協賛する商店街はどこかと、パンフレットを見て驚いた。サンロード商店街、平和通り商店街、元町通り商店街……。この小さな村に現役の商店街の多いことといったら。

大手資本のスーパーに追い込まれる小さな店の寄り合いが、後世に継承するべき祭事を司っているのだ。

長崎の「くんち」も、商人たちの住む街が中心となり、日本三大くんちの一つとなった。本物の商人は儲けた金を文化や教育にもつぎ込むものだ。

村の商店をあなどってはいけないと強く思う。

実はわが村には商業コミュニティ懇談会、「商コミ」が昭和五九年七月に発足している。その目的はまちづくりであり、研究・意見交換・懇談などにより、これからの吉祥寺駅周辺商業地域のあり方を検討し、同時に市の行う都市計画事業を側面から協力していく事を目的としている。

メンバーは一三人で商店街における中核の実質的経営者が集っている。

彼らは昭和六一年（一九八六）開催の「吉祥寺音楽祭」と「月窓寺・吉祥寺薪能」という二つのイベントを開催してきた実績もあり、全国に先駆け「商人コミュニティ」という発想を前面に打ち出した活動で、疲弊する地方商店街より大きな注目を集めている。

いやあ、商人はすごいなぁと改めて敬服した私は、「商店街にひっそり残る、電気店や家具屋で電球やカラーボックスは買うものよ」と、娘に教える。特に街道沿いの家具屋はいいよ——と。

するど大人になっても祭りの「綿あめ」を好物とする娘は、「いやよ。イケアより高いし、ダサいじゃない」と返す。

確かにおじいちゃんがはたきをかける家具店は、時代遅れと思える家具ばかり。けれど吉祥寺の村人が持ち込んだらしい新古品のトースターまで売っていた。私が見つけたそれは、現在、娘がキッチンに置いて大切に使っている。

「この新品がリサイクル品だからって、たった二〇〇〇円だったのよ。それもあのおじいちゃんは自転車で届けてくれたのよ。あんたも今にお世話になる時が来るからね」

私の話に上の空の娘は、「アンズ飴」も食べたいという。

秋祭りの郷愁。

「いいなぁ、お祭りって。小さい頃はマンション近くの鳥居で、キツネに向かって手を合わせていたんだよ。でもあの街はお祭りも無かったよね。だからさ、もしよ、好きな人ができて結婚してもさ、私はずっと吉祥寺にいると思うんだ」

娘の言葉に神輿を担ぐかけ声が力強く響いた。

理想郷としての郊外。そこには文化も、商いも、祭りもあり、望み通り娘はすくすくと大人の女性になった。

吉祥寺のイギリス文化

ところで、わが村吉祥寺を中心に、三鷹市も含めた武蔵野エリアに外国人が多く暮らしていることはご存じだろうか。

武蔵野市の調べでは、二〇一一年、三鷹市と武蔵野市を合わせると、外国人居住者数は約五三〇〇人で、多摩地区では八王子に次いで二番目に多いエリアとされている。うち、八六四人が小さなわが村、吉祥寺に住んでいる。

外国人が多い理由としては、外国人専用の共同住宅「ガイジンハウス」があること。ICU（国際基督教大学）やインターナショナルスクールなど、海外の学生や教育関係者が集う文教施設が近郊に多い。また、泥臭い中央線文化と雑木林がそのまま残る井の頭公園など、カルチャーと自然環境のバランスがとれているなど、諸説もろもろある。

今から一〇年ほど前は、広い意味で武蔵野台地の一部、埼玉県新座市がイギリス人村と呼ばれていた。理由は家賃が安く、英会話学校の集中する池袋、高田馬場など都心に出やすい環境だから。普段、雑誌などではあまり脚光を浴びないエリアだが、イングリッシュパブもあると聞き、意外に思ったことを覚えている。
最近はその噂も聞かれなくなった。
家賃や物価が安いだけでは外国人は集まらないのかもしれない。

ロンドンに居を構える私としては、「住みたい街」の諸条件は、欧米人と日本人ではさして変わらないのかもしれないと思う。ロンドンの吉祥寺（と私が勝手に呼んでいる）ハムステッドも文化と自然が結合し、いにしえの文化人――フロイト、キーツなどが好んで暮らした跡が博物館などになっている。
三鷹市ではあるが、井の頭公園につながる玉川上水路付近にも、太宰治や山本有三の足跡が色濃く残り、その軌跡を訪ねる人が後を絶たないことを思うと、洋の東西を問わず人が腰を落ち着けたい場所というのは、手付かずの自然があり、文豪をはじめ「文化人が愛した」という文化的香りが不可欠のよう。さらには異国文化が混じり合っていることが鍵になっていると思える。

私のイギリス人恩師も、吉祥寺に小さな仕事場を持っている。長年、師のもとでオックスブリッジで取り入れられているチュートリアル教育（一対一で生徒に教師が集中的に教える教育）を受け、いろんなことを学んでいる私にとって、イギリスとの濃厚な接点がわが村にあるというのは嬉しい。

恩師の住まいは青梅の近くにあり、古い日本家屋を改装した旅籠のような家屋に家族で暮らしていると聞いた。

普段の暮らしについては、あまり話したことがないけれど、仕事で吉祥寺にやってきたついでに、イングリッシュパブで欧米系の友人・知人とよもやま話を楽しんでいる様子からすれば、来日三〇年の恩師にとっても、吉祥寺は特別な場所に違いないと思う。

ある日、チュートリアルの最中に、ノートを広げる私に向かって恩師が放った一言は忘れられない。

「あなたの家のあたりには、リタイヤしたイギリス人教育関係者がけっこう住んでいますよ」

「えっ、私の自宅の周辺に、ですか」

そうだったっけ、と思い巡らす。自宅付近でイギリス人に会ったことはあまりない。いや、一度希有な体験をした。

ある日、英国コテージを模した我が家の玄関横に、イギリスのカーブーツセール（日本の屋外フリーマーケットのようなもの）で求めた「guest house」と書かれたプレートをぶら下げた時だ。その頃、家族には「リタイヤしたらこの家を利用して、ティール

ーム か一部屋だけを旅行者に貸すB&B（英国式民宿）を始めてもいいかな」と、話していた。

だからその民宿プレートを下げたのも、ちょっとした遊び心だった。なかなかサマになっていると道路から眺めた後、そのことをすっかり忘れていた。ところがある日、キッチンの掃除をしていたら、いきなり呼び鈴が鳴った。誰だろうと出てみると、金髪の見知らぬ男性が愛犬を伴い立っている。

「スミマセン、ココハ　ゲストハウス　デスカ」

突然の来訪者に度肝を抜かれた。

その人は恐る恐る私が玄関に吊り下げたプレートを指差し、「コレ、ミマシタ。トモダチガ　イギリスカラ　クル。トメタイ　デス」と、言うではないか。

焦った私は、「これはただの飾りで、うちは民宿ではありません。すみません」と、謝った。

途端に彼は顔を曇らせ、自分はこの近くに住んでいるが、吉祥寺には高いホテルしかない。どこか安いホテルを知らないかと、残念そうな表情で食い下がってきた。傍らの柴犬もうなだれている。すっかり恐縮した私は、すでに書いた井の頭公園近くの昭和の宿を案内した。

確かに英国では小さな街や村でも、個人の自宅を宿にした「B&B」「guest

house」と呼ばれる宿泊施設が、コインパーキングさながらに点在している。今のレートで行けば一泊朝食付きで五〇〇〇円前後だろうか。

ロンドン以外なら朝食といえど、シリアル、フルーツ、ヨーグルト、卵、豆類、温野菜、燻製の魚など、食べきれないほどの料理がずらりとトーストや紅茶と共に出てくる。中には小さなコテージ風住宅の一間を貸す高齢者や未亡人もいる。小さな我が家に泊まれると彼が思ったのも無理はない。

年の頃六〇代と思われるその人は、イギリスはバーミンガムの近くに住んでいたらしい。長く日本の大学で教鞭を執り、今は退職した。もうしばらくは日本に滞在し、友達の会社を手伝うと話していた。

「キチジョウジハ、トモダチガ　タクサン　イマスカラ」

今日はこれから村のティールームに出かけてゆっくり読書を楽しむという。

一〇〇円バスの停留所に向かって愛犬と共に立ち去る彼の後ろ姿を、恩師の話を思い出しながら眺めていると、悠々自適にボランティアにいそしんだり、ファーマーズマーケットで買い物をするコッツウォルズ地方のゆったりした中高年を思い出した。

イギリスに行かなければ会うことも見ることもないと、勝手に決めつけていたスローライフの生き証人が、わが村にもいたとは。

イギリス人恩師の言葉を借りれば、吉祥寺の北側は図書館、劇場、広い公園、畑も多く、広い庭がある古い戸建ても多いため、イギリス人に限らず、欧米系中高年層に人気らしい。

私のマネをしてこの村でイギリス人の先生を見つけたスルメ部長も、ヒマを見つけては電子辞書を片手に、イギリスの歴史について勉強をしている。

彼が通うのは村の中心部にある雑居ビルの一部屋。

小さな学校を営むイギリス人の先生は、村の一等地に建つ中古物件を、得意の日曜大工で居心地良くホームリーに改造したらしい。

「偶然見つけたんですけど、すごいんですよ。まったくロンドン辺りで見るようなリフォームなんです。先生は外壁から屋根まで、全部自分で補修したらしいです。小さなベランダにはプランターに美しいバラが咲いていて、コテージの前庭みたい。こうやって画角を作るとコッツウォルズに見えるんです」

彼は親指と人差し指を組み合わせて、横に長い長方形の形にして私に見せた。

「それにしても、よく先生の自宅が分かったわね」

目を丸くする私に彼は言った。

「だって、授業中に家自慢ばかりするんです。何気に情報をたどっていくと、いつも自分が歩いている駅までの裏道だと気付いたんですよ」
わが村の中に地球の裏側の英国文化が根付いているなど、誰が気付くだろう。だが、二つの国を行き来しつつ、この村のイギリス人と関わっていると、スルメ部長のような発見はたくさんある。

数年前、わが村にイギリスの大手スーパー、「テスコ」があると聞いた時もびっくりした。

東町の高架下にある「つるかめランド」という古ぼけた名のスーパーがそれだという。情報源はしばらくロンドンに語学留学していた村の青年。ときどき創作的ガセネタもあるため、半信半疑で行ってみると、陳列棚のあちこちにテスコブランドの食品が並んでいるではないか。

なぜに外資系ブランドが「つるかめ」なのか。地味な店内とネーミングからくるギャップに違和感を覚えたものの、ハムステッドの駅前にある「テスコエキスプレス」を思い出し、懐かしさからイギリスでは定番のブラックカラント（黒すぐり）のジャム二九円也を買ってしまった。

思えばイギリスではちょっとした医者代わりも務める薬剤師のいる老舗薬局「ブーツ」も九九年、わが村の駅前一等地に日本上陸二号店をオープンさせた。だが、日本のマーケットをつかみきれないまま撤退。「テスコ」もいつのまにかやって来て一二九店舗まで店舗を増やしたものの、思うように業績が伸びず、日本事業から撤退した。「日本の消費者は世界で最も厳しく、欧米方式をそのまま持ち込んでも受け入れられない」と、関係者は分析するが、せめてわが村だけにでも留まって欲しかった。

泥臭い中央線文化が土台にあるものの、吉祥寺は海外商品で成り立っているとの分析も、地元の識者からは発表されている。村人の中には海外生活を経験した人も多く、わが村では海外の食品を専門的に販売するスーパーや小売店が繁盛している。皆、値段は割高でも、品質そして懐かしさに惹かれて買ってしまうに違いない。

そして東京の田舎とはいえ、わが村には生きた英国が息づいている。

わが家を建てた折、掘り出し物を探しあてた英国のアンティーク家具もわが村で買った。たくさんのアンティーク家具や照明を、バザールのように店内に陳列する「J」は、修理する工房も多摩の住宅街に構えている。

私がトラックを調達し、ハムステッドの家で使うアンティーク家具を仕入れたリンカーンの巨大なアンティークフェアに関係者が来ていたという噂も耳にした。

人気の商店街には、コッツウォルズという地名を名乗った雑貨店もあり、若い女性オーナーらが頑張って商いを続けている。

極めつきはアートシアター近くの「K」という工房。七〇年代吉祥寺に店を開き、アンティークジュエリーの修理まで行っているジュエリー工房だ。木造の薄暗い店内の奥に工房がある様子は、コッツウォルズ地方、バーフォードにある親子代々が営む小さな工房を彷彿させる（そこはわずか六畳くらいの地下室が工房でそれも酷似）。ノッティングヒルで購入したペンダントトップの土台、白蝶貝が取れた時、この道三〇年の店主に何とかしてと泣きついた。すると彼は「大丈夫、もっと素敵にしてあげるから」と、ショーケースに並んだシール（印章）を指さし、これをペンダントトップの中心に貼り付けて、周りを銀で固めましょうと提案してくれた。

英国のアンティークショップで見た銀製の小さなメタルは、古いコインのように秘密めいている。知恵の木や騎士など古書の装画モチーフになるようなデザインにわくわくした。

悩んだ末、帆船のものを選び、修理を依頼した。出来上がったペンダントトップは、印章の周り縁にも模様を張り込み、丁寧に鎖も付け直してくれた。小さなダイヤモンドを加えてくれたため、ペンダントトップの印章がキラリと光る。修理代金は二万円以下だったと記憶する。

ある時は、後生大事に預かったというヴィクトリア時代の首飾りを出して見せてくれたこともあったっけ。イギリスの宝飾博物館にあるような本格的アンティークを、わが村で見るとは。それを招き入れて見せてくれた職人魂に頭を垂れた。

東京の田舎暮らしを堪能する私は、この吉祥寺に散らばるイギリス文化の片鱗に触れるたび、深い安心感に包まれる。自分の目指すものが身近なところに出没する驚きに、つい、深い縁を感じてしまうのかもしれない。

生き甲斐追求型リフォーム

震災後、ただでさえ低迷していた住宅業界は、新築物件が売れないと悲鳴を上げている。それもそうだ。子供の数は減り、日本全国空き物件は七五六万戸と、まれに見る家余り現象が進んでいるにもかかわらず、高層マンションを建て続けているのだから。

わが村でもここ数年の間、新築分譲マンションが建てられたが、未だ「オープンルーム」という看板を持ったおじさんが、週末になると物憂げに物件前に立っている有様。夏の炎天下では、熱中症にならないか、人知れず心配していた私。これから木枯らしが吹く冬となっても、おじさんは立ち続けるのだろうか。

ああ、胸が痛む。この金太郎飴方式の業界に異変が起きるのはいつのことか。

「住みたい街ナンバーワン」という冠さえチラつかせれば、高額でもありがたがって物件を買う幻想を、業界がいまだ引きずっていることが情けない。

では、リフォーム市場はどうかといえば、スタイリッシュな「R不動産」「リノベーション」などという言葉が飛び交い、これまたなぜ、リフォームとか改装と言わないのか、古くさいアナログ人間の私としては、違和感をおぼえる。

同じ村に暮らすスルメ部長の父親は、昔気質の宮大工。

「おやじ、復職してR不動産に切り込んだら」と言った途端、はぁーと機嫌を損ね「くだらないことを考えず真面目にお勤めしろ」と、怒鳴られたとか。

聞けば親父さんは、R不動産を怪しげなラブホテル建設業者と勘違いしたらしい。リフォームを営繕と呼ぶ世代だからムリもない。昔の人はこれだからウザイよなぁと言いつつも、スルメ部長自身、この言葉が出始めの頃は全く意味が分からなかったらしい。


わが村の住宅は今や投機物件になっていると嘆く人も多い。

値上がりを見越して投資買いし、金のない地方出身のブランド小僧に高く貸し付け、高利回りを狙う。

それも過去の話。わが村で一番苦戦しているのが監獄のようなワンルームマンションだということは、すでに地元業者の合言葉となっている。

「今の人は道具が多いから、六畳程度のワンルームを嫌うんです」

「蚊取り線香のような渦巻きコンロを見せただけで内見終了ですよ」

投資家の思惑も「おうちごはん」志向の草食系若者には通用しない。

というわけで、一昔前のサラリーマンの夢だったワンルームマンション投資大作戦は、わが村でも撃沈の憂き目に遭っている。

すでに一万五〇〇〇円、いや、言い値で貸したるでと言わんばかりのハットリ宅については触れたが、ワンルームも四万円台に下げて賃借人獲得に躍起になっている現実がある。昔は考えられなかった事態だ。

よそ様、夢を抱け。わが村の門戸は広く開け放たれている。保証金、敷金のいらない風呂付きゼロゼロ物件（悪質でない）も、駅から自転車を一五分ほどこぐ覚悟があれば、絶対見つかるはずだ。

ところが依然、武蔵野市というだけで、地価は隣接する練馬区や西東京市などと比べて三〇坪前後で一〇〇〇万円以上違うといわれる現実もある。賃貸市場は苦戦しても、吉祥寺のブランド力は戸建ての場合、まだまだパワーを発揮している。

そもそも吉祥寺には土地がない。その背景にはすでに紹介したように、昔からのお寺さんが駅周辺をはじめ、吉祥寺のほとんどの土地を所有する独特の不動産事情があるからだ。

よって新築一軒家の価格は、三〇坪前後で七〇〇〇万〜八〇〇〇万円がいまだ相場。年収一五〇〇万円稼がなければ全く手が届かない価格だ。

新聞に発表された震災後の値下がり幅も、武蔵野市、三鷹市は都内の中でも圧倒的に小さい。震災によってわが村の地盤（関東ローム層）はよそよりはるかに強固であると報道されたため、安全性が認められ、人気を維持する結果となったのだ。

というわけで、依然若いカップルに戸建ては敷居が高い。なにしろ三〇坪以下に土地を分割してはならぬという条例もあるのだから。


ついでに言うと、保育園の数が他に比べると少ないのもネックだ。

このことについて前に元武蔵野市長と話したことがある。若い世帯が減っているのは地価、家賃が共に高額ということもあるが、街自体が子育てというより、いかに豊かな老後を過ごすことができるか、高齢者にフォーカスしているのも一因とか。どおりでとげぬき地蔵界隈を思わせるじいちゃんばあちゃんが、いまだ健在なわけだ。


だが、このような高齢者が多く住むことは、違うメリットを生み出している。

老朽家屋が多いという特徴である。

わが村の居心地の良さ、下町を思わせる商店街文化、ジジババに手厚い福祉。これらが揃うとリフォームは面倒でも、ずっと死ぬまでこの村で暮らしたい永住タイプが多く、小さな家の相続物件が出る確率も、ニュータウンに比べるとはるかに高い。ロハス系が好みそうな、彼と二人でペンキを塗ったり、ドアを取り替え、レトロな照明を入れて味を出すカフェのようなおうちの土台は、わが村にまだまだ眠っている。

著書『よみがえれ！　老朽家屋』（ちくま文庫刊）では、私が吉祥寺の商店街そばで一五坪の古家付き土地を購入し、リフォームを果たした事実を書いた。

村のはずれにイギリスコテージ風の自宅を建てたのは、三〇代の終わりのこと。一〇〇〇万円台でハウスメーカーと喧々ごうごう、互いの知恵を最後の一滴まで絞り出し、寸分の後悔もない我が家を完成させた。

だが、時が過ぎ、私も今や五〇代。そろそろ老後のことも視野に入れて人生設計を組み直す時が来たと思った矢先、築三〇年以上経過した一五坪の昭和の建て売りを商店街近くに発見。

実は私もご多分に漏れず、お洋服や雑貨が大好きなのだ。イギリスでキラリと光る手作りで質の良いニットやワンピースを見るにつけ、いつか私もお店を開きたいと人知れず思ってきた。

だから廃屋のような狭小住宅には目を光らせていた。

くだんの物件に出会った瞬間、これぞわが村で第二の人生をスタートさせる舞台になると、争奪戦の末、住宅ローンを組んでようよう手に入れた。

建物内部はところどころ傷んでいた。だからこそ家好き、改装好きの血が騒いだ。とはいえ懐には秋風が吹き、仕事も立て込んでいた。知り合いに紹介された業者は、これまたひとクセもふたクセもあるうえ、超ノロイときたから、完成にこぎ着けるまでの長いことといったら。

それでもわが村に対する愛着や、いつかお店を始めたいという思いからオンボロ狭小住宅に夢を託したのだ。

その中で最も読者の方々から反響があった箇所、それは庭に面した一階の六畳和室をリフォームして、トイレと洗面所を加え、店舗スペースとして独立させたくだりだった。

雑草だらけの前庭にも和室と同じ高さのウッドデッキを取り付け、窓を開ければ続き間のようにさらに広く使えるようにした。

このような、将来「おうちショップ」を開きたい夢を叶えるといった「生き甲斐追求型リフォーム」には、マンションより絶対に戸建てが良い。共同住宅と違って配水管の引き回しも自由にできて、トイレなど水回りの追加工事も一〇万円台からと簡単に済んだのも予想外だった。

これで高い保証料をふんだくられず、いつでも思い立ったら自分の店が始められる舞台作りができた。老後、家賃に縛られず、好きなことができるのだ。

最近、しばしば思い返すに、このような発想の根幹は一〇代から通い続けたイギリスにあると思っている。イギリス人は家好きであり、一攫千金で大金持ちになることがアメリカンドリームだとすれば、イングリッシュドリームとは、ボロ家の改造といっても過言ではない。

庭先の倉庫、朽ち果てた納屋、今は役目を果たした村の郵便局、ベーカリーなど、彼らはとりあえず建物らしきものを目ざとく見つけ出すと、そこにせっせと時間をかけてワークショップや店を作り出してしまう。時にはそれが住宅に変わるなどして「化ける」現象を呼び起こすのだ。

それまでは見向きもされなかったボロ家が、査定で一〇倍以上値を釣り上げ、素晴らしい夢空間に変わる様を三〇年見せられてきた。R不動産などと格好良さげなネーミングをひねり出さずとも、ボロ家＋低価格のリフォームが、いかに素晴らしい可能性を人生に与えてくれるか、心に刷り込まれてきたのだ。

面白いことに、私のようなイギリスフリークならずとも、「もっと手堅く身の丈に合った生活を丁寧に楽しんでみようよ」という風潮が、スクラップ&ビルドの日本社会に警鐘を鳴らすように若い世代に広がっている。

わが村でそういう事例をたくさん見てきた。たとえば、流行らないラーメン屋が退去した後の老朽家屋を、見事なカフェに作り替えた才能豊かなカップルや、高齢者が一人暮らす庭先を上手に利用して雑貨を並べ、童話のような店を営むカップルなど、挙げればキリがない。

このようなボロ家を軸にした生活文化の広がりをたくさん見られる村が、東京のどこにあるだろうか。わが村は文化人が多く住む。作家、漫画家など、著名人の名もしばしば挙がる。このようなクリエイター達が引き寄せられるのは、吉祥寺というブランド力ではない。ブランドはある日突然ひょっこり顔を出すヌーボーリッチではなく、長く時を経て成熟されていくものだと思う。

そういう意味でわが村のボロ家、もとい老朽家屋は、果てしない可能性を含んでいると思うのだ。

吉祥寺で開く英国展

大阪の百貨店が開催する英国フェアに今年も参加してきた。

エリザベス女王の専任デザイナー、ジェフ・バンクス氏や英国大使ご夫妻など、三〇組以上のアーティストやお菓子職人をイギリスから招聘する、百貨店の中でもトップクラスの英国イベントだ。

私はフェアの冒頭で講演会をやり、お店を出してイギリス人と共に実演や本のサイン会などを行う。中にはわが編集部のブースを目当てに、わざわざ新幹線や飛行機で大阪まで駆けつけてくれる方もいて、関東に暮らす読者の方々からは、「ぜひ、東京でも英国フェアをやって下さい」と言われ、こちらが思う以上に関心を持っていただいた。

英国生活情報誌「ミスター・パートナー」の編集長でもある私が偶然、ヨークシャーのデンツ村で見つけたボタンジャケットが人を呼び込むのか。

カラフルなメリノウールを何枚も巻き寿司のようにグルグル巻きにした後、冷却して固めたコチコチ棒状のウールを、金太郎飴のように輪切りにすると、微妙な色合いの丸いボタンが出来上がる。それを秋の牧草地のように深みあるグリーンやロイヤルブルーといった、日本にはない色に染め上げたニットに留め付ける。

軽くて柔らかなメリノウールを一〇〇パーセント使ったAラインのジャケットや、マフラー付きチュニックカーディガンは、英国の村から村を歩き回り、やっと出会えたお洋服だ。私の著書、『イギリス式シンプルライフ』（宝島社刊）で、ソフィさんが暮らすデンツを伝説的ニットの村と紹介したところ、大変な数のお問い合わせもきた。

このところ、ブランド的知名度を超えて、伝統的な手仕事に注目する人が増えてきた気がする。貧困層の裾野が拡大しているといわれつつ、使い捨てファストファッションより、素材重視、一生着られる服を繕いながら生涯愛用しようという考えだ。

ナチュラル志向と呼ばれる人達は、セレクトショップなどに置いてある、このような服にのどから手が出るほど飢えている。私も四〇代までは服にスタイルや機能を求めていた気がする。いや、はっきり言えば、いかに可愛らしくスマートに見えるか、常に他人の目を意識していたと思う。

中央線沿線には草木染め、はた織りをコツコツ手掛ける作家さんもいらっしゃるが、それは裕福なカルチャーの延長で、自分には関係ない世界と思っていた。わが村の百貨店などで開催されるクラフト展も、「先生」と呼ばれる方々を囲む人達は顔見知りの生徒さんだったりするし、年配の方が圧倒的で食指が動かない。

それを塗り替えたのが一枚のインナーだった。わが村で夜遅くまで営業している小さなショップで、和歌山の地場産業であるメリヤス工場で作られた逸品と薦められた一枚のカットソー。中国製品に押される中、綿花栽培まで挑戦する今城メリヤスという会社があるという。熱っぽく語る店主の話に魅了された。

そこは田んぼに囲まれた和歌山の小さな工場。日本に数少ない丸編み機を使って一日に一〇メートルしか編めない柔らかな生地を作るという。表と裏に違う糸を使って、針にテンションをかけず低速でふんわり仕上げる行程。スピン綿から作った糸の長袖インナーは、真綿のようにやわらかな肌触りで、一枚七〇〇〇円近くしたが、思い切って買った。

日本で唯一という紡績機の写真が頭からこびりついて離れず、洗濯をしては着ての繰り返し。ヒートテックとは異質のふんわりとした綿独特の暖かさ。袖を通す日は皮膚が気持ちいい！　と喜び、とても幸福な気分になった。

以来、いつか和歌山を訪ねたいと、インナーフリークの親友の娘ともども、丸編み機を拝む日が来ることを心待ちにしている。

インターネットで世界の隅々の情報が入手できる昨今、バイヤーと競うようにイギリスを駆けずり回っている。インナーの一件以来、ウールの本場、イギリスにも素材で勝負できる気持ち良い服があるに違いないと探し回った。だから、村おこしでニットを製造するというソフィさんに出会った時、ヨークシャーの人里離れた村……というキーワードにピンと来たのだ。

ものづくり発掘談はまだある。ウェールズの谷間の村、スランウルティド・ウェルズで織られる「カンブリアン・ウーレン・ミル」のブランケットも、ピンク、ブルー、オレンジと、従来のタータンにはないビビッドな配色と、ヨーロッパならではの明るさ、ほわっとした手触りにまず惹かれた。

ベッドカバーに使ってみるとふんわり軽いのに保温力がある。凍えるような冬の日は掛け布団をくるむようにベッドカバーにして休むと、温かな温泉に入っているようだ。

これはいい！　と、思い切って百貨店に話をつないだ。コーディネーターとしてサンプルからたくさんの色柄を選んだところ、英国フェア初日にはこれまた争奪戦となった。

一枚一万円以上するブランケットだが、「つぶれかかった工場を夫婦二人が再生すべく奮闘しているんです！」と、写真と共にお客様に説明すると、皆、興味津々で聞いて下さる。

ウェールズの毛織物産業は七〇〇年の伝統がある。第一次、第二次世界大戦中は、帰還した兵士たちの毛布を織り、戦争で障害を負った傷病兵も多く雇用したそうだ。ボタンジャケットにしろ、ブランケットにしろ、どちらも人里離れた山あいの集落で作られていて、そこで語られる伝説や工夫や起業の動機に感嘆する。

前置きが長くなったが、私はイギリスでもわが村吉祥寺でも、いつも説教好きな管理職者が部下に命じる「お前らアンテナを張れ!」のアンテナを、誰よりもたくさん、ハリネズミ(英名・ヘッジホッグ)のように張り巡らせてきた。だから、洗濯機のゴミ取りネットみたいに、人が見落とすささやかな情報も引っかかってくれるのかもしれない。

そうして、毎年スタッフと共に大阪の英国フェアに参加するうち、大切なことに気づいた。お客さまはモノ(服)を買うことを通じて店員と親しくなりたいのだ。殺伐とした現代、「好きなもの」を共有できる誰かに会いたいと、人は買い物という代償を支払っても、作り手、売り手と仲良くなるきっかけを見つけたいのだ、と。

思えば私自身がそうだ。普段からわが村吉祥寺の商店街をウロウロして、ギャラリー風の雑貨店や村はずれの工房などで、服や生地のことなどダラダラ話さねば、週末を過ごした気分になれない。

ある時など、私がイギリスで買い揃えたヴィンテージの服を店員に見せたい一心で、上から下まで寸分の隙もないほどキメて、その中の一軒を訪ねた。ワンピースの下にはアンティークっぽいレースの付いたペチコートまで着て。

店の女性は案の定、「かわいい」を連発し、私の着こなしに興奮した。うっとり互いの着こなしを眺めつつ、おしゃべりをする。


着こなしそのものがアンティークな店員は、床まで届きそうな薄いモヘアのカーディガンの下に、黒いレース付き細身のドレスをちらりと覗かせていた。私が高校時代に見たフランス映画『ビリティス』（デイヴィッド・ハミルトン監督）に登場する鎖骨と背中のラインが美しい中年女性が着用していたスリップドレス。それはノーマン時代の西欧で、広い袖口と縁飾りの襟が付いた貴族の長いチュニックから、あえて白い下着を見せる優美な装いを連想させた。

私たちは互いのスタイルを認め合い、このような繊細な生地はそっと風呂場で洗えばいいのだなどと、はたから見ればどうでもいいような日常のことを話し続ける。何という幸せなひとときだろうと、先ほどの気恥ずかしさは消え失せ、わが村で自分が充足感を覚える時だと、感慨深く心に刻む。

「中毒患者のようだね」

ヒマさえあれば服にうつつを抜かす私に、娘は呆れ返っている。

「店員さんたちはやっぱりセラピストだよ」

私も同感だった。けれど、週末になると居ても立ってもいられなくなる自分は、どこか少しおかしいのではないかと思っていた。


それがひっくり返ったのが先に書いた大阪の英国展だ。

六〇代から七〇代の読者の方数名様は連日おいで下さる常連さんとなった。ご購入いただいた本にサインもしたし、ボタンジャケットも買って下さった。それでも毎日お店に来ては、私やスタッフとイギリスのこと、ボタンジャケットのことなどいろいろとお話しになる。

一週間のイベントの最終日、ある品の良いおばさまが息せき切ってやってこられた。

「あー恥ずかしい。また来たわ。でも毎日ここに来たくて、来たくて、居ても立ってもいられないのよ」と。

まるで私のようではないか。そうして私達の顔を見回すと、

「ここに来るとホーッと落ち着くの」と、はにかむ。

一週間限定の私達の店をそんなに気に入ってくれたのか。

実際のところ、このおばさまがソフィさんのボタンジャケットのとりこになったのか、

イギリスに関心があるのか、はたまた私とのおしゃべりが目的かは正直分からない。だが、ざわめいた百貨店内の囲い込まれた一角が、一部の方にとってわが村のお気に入りの店のごとく、毎日でも通いたい場所になったことが嬉しい。

語り尽くせるモノには（それが服であれ、一辺のタイルであれ）、人と人を結びつける力があり、それはコンサートで皆が一つになる「連帯」のようでもある。巨大規模の野外コンサートの映像を見ると、聴衆の熱狂はアーティスト冥利に尽きると思うのだが、同じ現象はものづくり&お買い物でも起きるのかもしれない。

先に書いた、東京・吉祥寺に四苦八苦して完成させた「おうちショップ」へのお問い合わせも続いている。大阪まで行けなかった方々からは、東京でぜひ英国展を開催してと言われ続けてきた。わが吉祥寺の商店街の端っこにある古い建物をリノベーションした小さなギャラリーを借りて、年明けの一月にささやかな展覧会を開催しようと思ったのは、店めぐりや大阪での幸せな体験があるからだ。

二〇一二年は「ロンドン五輪」、「エリザベス女王即位六〇周年」と、イギリス旋風が巻き起こる予感。吉祥寺には駐在や留学などで海外生活体験を積んだ人がたくさんいらっしゃる。原宿・表参道にあった昔の同潤会アパートを思わせる老朽建物の一階に、遠いヨークシャーやコッツウォルズで見出したアレコレを、写真と共に展示する。

気持ち良いカットソー、つぶれかかった工場のブランケット、ストーリーのある麻のお洋服も、北アイルランドの「トーマス・ファーガソン」の工場からやってきたアイリッシュリネンと共にお披露目する。どれもこれも真摯な作り手の情熱がほとばしる。

ギャラリー、ワークショップにも不慣れな私ゆえ、モノの力に助けを求めたい。

ここに来ると落ち着く——期間限定だけど、そう思っていただければ嬉しい。

わが村で踏み出す小さな一歩が始まる。

家賃四万五千円の御殿を発見

二年前、中野区の都営住宅に当選した女性と久しぶりに話した時のことだ。彼女は四〇倍近い倍率の中、見事3DKの都営入居を果たした。彼女も夫も会社に所属しない自営業。子どもが三人いて、生活は楽ではないという。

何の気なしに訪ねた区の出先機関で見た募集の貼り紙にそそられて応募したのがきっかけで幸運をつかむ。

「もしかして、一億円の宝くじが当たるより嬉しいかも」

三〇代の彼女にとっては、築四〇年近い老朽建物でも都営は御殿だ。これ以上収入が上がらなければ、永遠に家賃三万円程で住み続けられるのだから。

独身時代は港区はじめ、池袋、わが村吉祥寺を点々と歴訪した彼女は、子どもの数が増えるにつれてワンルームから2DKへと移り住む。家賃も一〇万円を突破し、家計が圧迫された。

そんな矢先の当選だ。彼女は中央線沿線が大好きだったが、「都営入居」という幸運に周囲からうらやましがられ、中野区に引っ越し、今は平穏な生活を送っている。

印象深かったのは周囲の反応だ。

「私は何度チャレンジしても落選する」と悲観する者。

「いいわねー、一生住む所に困らなくて」と、高いマンションのローンを悔やむ者と、生活費を蝕む家賃への鬱積していた不満が炸裂した。

今どき豪華マンションを買った人や、立派な一戸建てを建てた人を見ても、良かったわねで終わる話が、三万円の都営住宅に大騒ぎしている。

バブル崩壊後、世の中の節約、倹約志向は冗談では済まなくなった。経済どん底のアメリカでは、九人に一人が失業者。つい先頃のニュースでは、家を追い出された人々がテント生活を送っていたが、今日食べるものにもありつけない「餓死寸前」の貧困が襲っている。

生活保護受給者が二〇〇万人を超えた日本でも、非正社員が急増。低所得者が増えた今、家を買えない人々が公営住宅の募集に殺到し、入居の平均倍率は九七年の二・六倍から〇八年には八・六倍に急上昇しているという。

そんな中でもわが村・吉祥寺は、二〇一一年住宅業界複数のアンケートで、住みたい街の堂々ナンバーワンに選ばれ、首位を守り続けている。

週末ともなれば、ここは渋谷か原宿かと見まごうほど、若者を中心によそ様がわんさかやってくる。娘はどの店も行列ができて入れないと嘆き、長くこの村に住み続ける私は大いに困惑する。

ロンロンや伊勢丹を若者モールに作り替え、街の若作りを計った人達は、やかましく、小銭しか落とさぬ「おのぼり様」に占拠された吉祥寺の成れの果てをどうするつもりだろうか。私は「落ち着いた暮らし」を大切にする富裕層の中高年が留まるよう、大至急手を打たねば手遅れになると見ているが。

話が少し逸れたが、吉祥寺に住んでいると、日本における住宅問題の縮図が次々と目に飛び込む。

中心部からバスで二〇分以上かかる「名ばかり」吉祥寺のマンションは設備が良くても売れにくく、井の頭公園周辺という貴重なロケーションなら、老朽化したマンションでも高値のまま売買されること。じじばば様が木造の趣ある家屋を持て余しつつ住んでいて、ある日突然、更地になっていること。そして次には相続税対策なのか、Hベルハウスなどの立派な賃貸住宅が建っていること。

借り手の付かない監獄ワンルーム。高齢者かフリーターが住人の大半を占める敷地内大家宅アリのおびただしい昭和木造アパート群。日本全国、どこにでも見られる現象はわが村とて例外ではない。

ただし、わが村は先の地震によって強固な関東ローム層の土地力が証明され、全国の住宅地の地価が二〇年連続で下落する中、ほぼ横ばい。武蔵野市はマイナス〇・二パーセント（二〇一一年基準地価の年別変動率）と、問題なし。よって吉祥寺の家だけは相変わらず「高い」まま、住みたい街首位に君臨しているのだ。

「正社員・結婚・持ち家」というハシゴを登れない人々にとって、吉祥寺は日帰り観光名所。不動産を取得しようという人達に「高くてムリ」は相変わらず常識だ。

だが、「叩けよ、さらば与えられん」の言葉は、わが村の住宅事情にも根付いていた。

ＴＶ制作会社のアルバイトをしつつ、細々と生計を立てていた三〇代バツイチ男性と知り合った。彼はわが村に遊びにくるたび、「いいなぁ、僕も吉祥寺に住んでみたい」と言いつつ、「でも仕方ない。今の部屋はとても安いから」と願望を飲み込む。彼の部屋は風呂なしの四畳半、共同トイレ、共同炊事場と、聞くだけでオンボロ具合は想像できる。ひょっとしたら一万円以下だろうか。私の出発点も神奈川県内農家の納屋で月一万円だったし。

住宅フリークの私としては、即家賃を尋ねた。すると「月四万円（雑費込み）」と、答えるではないか！

聞けば上京して二〇年間、彼は日雇い労働者のおじちゃんらと共にこの木賃アパートに暮らし続けてきたという。絶句した。

「そんな四万円も出せるのなら、風呂付きアパートに引っ越すべきよ。ロケで遅くなる日も多いんでしょう。お風呂どうするのよ」

「それは、近くに遅くまでやっている銭湯があって……」

だけどそれは深夜一時で終わるらしい。彼の生活サイクルを聞いていると、お風呂に入れない日も多いはずだ。まして、下宿屋のようなアパートには洗濯機も置けず、コインランドリーに通うのだという。月の大半をロケに担ぎ出される職業ゆえ、汚れた服を着続けてきたのではないか。

見せられたアパートの外観写真は、建物の半分にブルーシートが掛かり、周辺はゴミの山。何だかものものしい有り様だった。

私達は向かい合って井の頭公園の池の近くにある、昔風情の茶屋でみつ豆を食べていた。肌寒いと思いつつ、なぜかいつもの建物の外に置かれたテーブルに腰掛ける。

彼がずずっと熱い緑茶をすする。

私の方には、赤ちゃんのほっぺのようにトロンとした白玉がいくつも入っているアイスみつ豆。これをスプーンですくって口に入れると、井の頭池からそよぐ師走の風と木々のざわめきが切なさを倍増させる。

束の間の休日が終わると、彼は電車に乗って、あの薄暗い部屋に戻っていくのだろうか。

おせっかいの極みだが、「井の頭公園の周辺は緑の空気が充満していて、高知の田舎を思い出すんです」との一言に、もう放っておけなくなり、彼と別れた後、知り合いの賃貸業者を訪ねた。

「どんなに古くてもいいので、風呂付き家賃四万円台のアパートを出して下さい」

以前ならけんもほろろだったが、このところ私が貯金の無い若者を何人も紹介しているので、老齢の社長は「はいよ」と、威勢の良い魚屋のように賃貸情報の塊、マイソクをめくり始めた。

四万円台前半で何軒か物件が出た。だが、いずれも六畳に満たない監獄ワンルームの類。自分がときめかない部屋を他人には絶対勧めないのが私の流儀。彼を下町のあばら屋から引っ張り出すためには、それなりの住環境でなければ。

そこに社長の奥さんが戻ってきて、「あら、また安いアパートを探しにきたの」と、声をかけてくれた。私がかいつまんで高知青年のあばら屋救出計画を話すと、いつになく高揚した調子で一枚のチラシをはらりと見せた。

「あなた、ここ最高よ。何と言っても井の頭公園のきわで、大家さんもとってもいい方なの」

住宅は買うのも借りるのもロケーションとは、これまでロンドンで、東京で、イヤと言うほどたたき込まれてきた。地図を見ると象のはな子がいる井の頭自然文化園も近い。駅にも徒歩五分のお屋敷街、泣く子も黙る御殿山である。

間取りはキッチン五畳、和室六畳、東西南と三方に窓があり、南側には庭も付いている！　正真正銘の1DKだ。いや、こざかしい業者によっては1LDKと記載するかも。築四〇年という古さながら、全面リフォームによってシステムキッチンと、真新しいシャワーも付いている。

気になるお家賃は、月六万円らしい。

「でもね、今日、大家さんと話したら、ずっと借り手がつかず空き家にしておくのも物騒だから、四万五〇〇〇円までなら交渉に乗るとおっしゃるの」

「そりゃ、すごい」

横で聞いていた社長も思わず身を乗り出す。この価格でチラシをまいたらすぐに決まってしまうと豪語しつつ、早く下見に行った方がいいですよと、私を急き立てた。

果たして、武蔵野市御殿山という名のごとく、立派な家並みが広がる都内有数の高級住宅地に建つそのアパートは、家主さんの家がある敷地の奥に建っていた。

自転車をとめても十分な通路の奥には、庭に抜ける木戸があった。中庭を覗くと大家さんが丹精込めて育てた鉢植えが並んでいる。「いらっしゃい」と、一角からよろりと立ち上がったおじいちゃんが大家さんらしい。

大至急ケータイで呼び戻した件の青年も、焦って頭を下げる。

アパートの住人とすれ違ったが、ジャージ姿の学生が「こんにちは」と、礼儀正しく挨拶をした。とても人間らしい清々しいアパートだと思った。

肝心の部屋だが、一緒に内見した彼の驚きようと言ったらなかった。

「まさか、二つも部屋があるなんて信じられない。シャワーとトイレも別々にあるし、何よりこんな立派なキッチン、僕にはもったいない」

私はうんうんとうなずきながらも、ただ貸せばいいという大家さんと違って、庭で草むしりをしているおじいちゃんは、自分の生活の延長線上に貸部屋をしつらえ、住む人を慕っているのだと思った。わが村ならではの賃貸物件の良さは、丁寧に生活を営む大家さんが古くとも良質な物件を維持しているということ。都心の不動産業者や投資家が利回りを狙う物件は、貸してなんぼ。抜いてなんぼの計算が見え隠れし、こんな独房に君は住めるかいというものを平気で勧めてくる。

青年はこの物件に一目惚れし、貯金を切り崩しこの部屋を即、借りた。そのことは私にとっても大変うれしい出来事だった。

近くには大正末期の本格的な洋風建築、山本有三記念館があり、太宰治が入水した玉川上水も流れるという、文学青年にはたまらない史跡がある。こういった文化の痕跡がそこはかとなく散らばり、大正や昭和のノスタルジーに浸りながら暮らすおまけ付き御殿は、彼のために用意されていた。


探せばきっと運命の貸家に出会える。それがわが村の隠された魅力だと思っている。

日本は欧米各国にあるような政府主導の家賃補助制度がない。英国やフランスでは全世帯の約二割が家賃補助を政府から受けているのに対し、日本で家賃を補助するのは会社といわれてきた。

それも今は昔の話。多くの社宅は手放され、跡地にわが村でも普通のサラリーマンでは買えないような高級マンションが建てられているのだから。

日本全国に七六〇万戸もの空き家があるという話は『老朽マンションの奇跡』（新潮文庫刊）に書いた（二〇一四年現在八二〇万戸に増えている）。日本で借家は全住宅の四〇パーセントを占めるのに、公的支援策は先進国の中でも立ち遅れている。

冒頭の都営住宅に当選した女性のことを思い出した。彼女もまた、わが村に住むことが夢だったという。いつかこのおじいちゃんのアパートに負けず劣らずの広めの格安賃貸物件を探し出し、「都営よりいいわ」と、家族全員がこの豊かな村に移り住んでこられる時が来るのだろうか。

わが村のヒューマニズムをもってすれば、それも不可能でないような気がする。そう思うのは、村人たる私のひいき目かもしれない。

おのぼりさんと村の老舗

ある週末の午前、駅前のベーカリーカフェで新聞を読んでいると、隣に若いカップルが仲むつまじくモーニングセットを食べていた。何だかウキウキしている。

女子大生っぽい女性の方が雑誌の吉祥寺特集を広げ「私ね、ココとココとココとココに行きたい！」と、声を弾ませる。

彼女が手に持った記事を横目でチラリと盗み見ると、ここ最近の吉祥寺若返りブームに乗ってオープンした新店舗ばかりを紹介している雑誌だった。カップルの男があきれ顔で「お前一日に五軒もお店を回ったって、そんなに食べれないだろう」と言っている（どうやら五軒とも飲食店らしい）。

対して女性の方は、「だってせっかく来たんだもん！　行きたいところ全部回る！　ココの店では私はコーヒーだけを頼んで、あんたの頼んだハンバーガーを半分だけもらう！」とムキになって提案し始めた。

二人の出で立ちから憶測するに、おそらく村周辺の人ではなさそうだ。二人の格好にはどこか昭和の雰囲気が漂う。

「しまむら」「西友」「イトーヨーカドー」あたりで見たような化繊のブラウスに、しわくちゃのフレアスカート。白い靴下……運動靴……。

正当的な三つ編みというのも三〇年ぶりに見た気がする。昔でいう「お下げ」だ。

このような、おのぼりさんカップルは、若者に人気のタウン情報誌が吉祥寺特集を組むたび、オープンしたての目新しい店をひと目見ようと、我先にとわが村にやってくるのだ。

お偉いさんはそんなよそ様を満足させようと、これでもかと若者受けする店を引っ張ってくる。ハコの店舗をどんどん入れ替える「ルミネ商法」のような手法をここ最近、わが村に感じるようになり、もうやめてくれ〜と目を覆いたくなる。

思えば今から三〇年ほど前の一九八〇年代バブル経済絶頂期の時代、下北カルチャーは全盛期を迎え、編集者やアーティストの間では下北沢に住むことが一種のステイタスだった。他の街にはないアウトローでユニークなファッションやカルチャーが下北にはあった。私も下北沢に足繁く通っては、劇団小僧たちの作り出す街の雰囲気に陶酔した。

ある日、顔馴染みになった雑貨屋の亭主に夢見心地で「私も下北沢で雑貨屋をやってみたい」と漏らすと、亭主はピシャリと「やめときな」と言った。びっくりしてなぜかと問う私に、下北沢は観光地化して若者ばかり。貧しいから店にやって来ても眺めるだけでお金を落とさない、と不満をこぼし始めた。

なぜ家賃が高い人気の街に集まる観光客は物を買わないのか。雑誌やメディアで取り上げられ、観光客だらけになった街は壊死していくのか。

若かりし頃、街のにぎわいと儲かることは別モノと知ってしまった私。

娘は最近一段と吉祥寺に観光客が増えたことに疲れると言う。

「街を歩いていても新宿や渋谷と変わらない。人通りのない道を選びつつ、生活用品を買いにいくのが大変だ」

会う度に愚痴をこぼす。

「西荻とか荻窪に行くと街を歩く人もほどほどだし、ホッとするよ。杉並区は便利だし、保育園も多そうだし、このまま吉祥寺に人が増え続けるんだったら、杉並区に引っ越そうかなー」などと漏らす。

冗談じゃありませんよ、娘さん。バンド崩れの若者にもみくちゃにされつつ、サンロード商店街を歩く私を見捨てるのかいと、思わず言いそうになる。

私個人は人の多さにぷりぷり怒る娘とは若干感じ方が違う。吉祥寺の商店は大体夜八時頃になると店を閉め始めるので、日中のピーク時とお店の閉店時間の頃合いをはずして動けばよい。

最近は六時頃、日もとっぷり暮れてから中心部に出掛けることが多い。

人影まばらなわが村を歩いていると、丸井前のバス停行列に目が止まる。深大寺方面行きや北口ロータリー発練馬・埼玉方面の「都民農園セコニック」「新座栄」行のバス停には、恐ろしや長蛇の列。

子供は泣きわめき、親は重い荷物を両手に持って疲れきっている。若い女性は恋人の肩にもたれ掛かり、彼氏に自分のカバンを持たせている。

このような乗客でぱんぱんになった満員バスがゆっくりと吉祥寺通りを進んでいく。それを見て、たのしい週末の思い出ではち切れそうなバスに「気を付けて帰っておくんなさい」と、心で手を振る。

人口流出。夜のとばりが下りる頃、村にどんどん空間が生まれ、静けさが戻ってくる。

少し前の話になるが、市の一〇〇円バス「ムーバス」に乗って、吉祥寺へと向かっていた時のこと。都バスでは通ることのない住宅街をくねくねと走るムーバスが、商店街のある八百屋の前に一時停車した。

あれっと見入ったのはその八百屋。日本全国、疲弊した商店街にかろうじて残っているような、ひなびた見切り品の野菜を売っている。傷んだ外側をむいて小さくなったキャベツ三個とか。老朽町家の二階に住んでいるであろうご主人は、誰も来ない店内のサラダ油をせっせと並べ替えている。

その時だ。私の前に座っていたカップルが、同じ目線の先にある八百屋について話を始めた。

「あの八百屋、商品が少なすぎてなんだか貧相だね。お店の雰囲気も暗いから、もう少し明るい照明を使えばいいのに」

「果物の陳列もなげやりじゃん。バナナとかさ、定番のものを前に持ってきて、大盛りにすると見栄えがよくなるんじゃないか」等々、その八百屋を見て、どうしたらもっと見栄えよく、お客が来るかということを延々と語りあっている。

よそ様にしてみたらそんなことどうでもいいじゃないかと思うでしょう。

だが、これが村人なのだ。

しまいに二人は、冴えない八百屋復興計画について意見が分かれ、言い合いを始めた。

「立地がいいからコンビニに加盟すればいい」という彼に対し、彼女は「ずっと八百屋さんだったのよ。お馴染みさんもいるかもしれないじゃない！」と、ケンカ腰。

本のタイトルを思いつく。

「なぜ、この店は潰れないのか」または「誰が八百屋を救うのか」。

両者とも一歩も引かない。だがそんな二人の様子を見ていて面白いなと思った。そこには、生活に最低限必要な生鮮食料品店をリスペクトする気持ちと、あの八百屋はこのままいくと潰れてしまうのではないか、という若者なりの優しさがあったからだ。

今どき、くたびれた八百屋の行く末をここまで考えるだろうか。彼らはベーカリーで隣り合わせたカップルとは違う。生活に密着した地元民ならではの視点で、目新しいものを追い求める観光客の気付かない何かに到達しようとしていた。


考えてみれば、しょぼい商店以外に、吉祥寺にはよそ様が重要視しない歴史を刻む名所がある。その最たるものが三〇年以上も村人に愛されている店だろう。元武蔵野市長の土屋正忠さんや現副市長の会田恒司さん、井上良一さん、市議の山本ひとみさんとお話しした折にも、大手資本に押されることなく、吉祥寺らしい名店や老舗を守っていきたいとおっしゃっていた。私が環境保護団体「ナショナルトラスト」ならぬ「吉祥寺トラスト」を提唱した時だ。

吉祥寺の老舗というのは、江戸時代から代々受け継がれた日本橋辺りの海苔屋や佃煮屋のようなものではない。

たとえば、六〇代前後のファンが多い、手作り感覚のゆったりした洋服を売る「TIGERMAMA」。

よそ様は知らない人も多いかもしれないが、年末のセールでは毎年、吉祥寺マダムたちでごった返す。

「4ひきのねこ」（花屋）はネーミングがなんとも愉快で可愛らしく、オーナーが一つずつ市場で選んできた鉢植えは「こけもも」だの「オールドイングリッシュローズ」だの、よくぞ買い付けてきて下さったと感心する素敵な花が並んでいる。お店の始まりは一九七六年からで、当時はリヤカーにバケツを積んで販売していたとか。ここは娘が美術の専門学校を卒業したお祝いに花束を購入した思い出がある。

他店ではあまり見かけない、珍しい花たち。迷う私に店主は、「誰への贈り物ですか？　同じ花でも形や色が微妙に違うし、咲きかけの花もあれば、今が一番盛んに咲いているものもありますよ、一本ずつ違う個性があるので。バランスなんて考えなくて良いですよ。あとで調整しますから。あなたの感覚でどれがいいか選んで下さい」と、神のような言葉をかけてくれた。

両手いっぱいの花束を抱えた私を見た時の娘の驚いた顔。どこで買ってきたの、と満面の笑みを浮かべて何枚も花束の写真を撮っていた。

小さな頃は「辛い」と言ってまったく食べられなかった娘が、今では大好物となった「まめ蔵」のカレーは、社会人一年生の私が吉祥寺に住む先輩に「やみつきになるカレーをおごってあげる」と、大昔に案内された店だ。それを私が彼女に伝え、今では友人や恋人と連れ立っては足繁く通っている。

お店のドアを開けると、もわんと鼻をつくスパイスの良い香りと、心落ち着く木のテーブル、オーナー兼画家の南椌椌《くうくう》さんの絵。いつの時代もそこはわが村の若者や家族がいっぱいで、白い器に入ったらっきょうをカレーの上にたんまりのせて食べる。

母の誕生日には「ル・ボン・ヴィボン」(南欧料理レストラン)でお祝いした。東急裏の小さな路地を入ったところにある観葉植物に囲まれた静かな店もまた、私が二〇代の頃は、給料日になると先輩達が行きたい！　と熱望し、私はといえば、一回の食事に五〇〇〇円近くかける彼女たちを、本物のキャリアウーマンとお見それした。

記念日にお店の人に撮ってもらったポラロイド写真には、頬杖をついた私、すまし顔の先輩が写っている。その写真は今でも引き出しの奥に眠っている。

長崎から友人が遊びにきた折や、編集部の送迎会、出版社との会食と、幸せな思い出が詰まっているレストランだ。

一九七〇年代半ばの創業という各店が人生の一部となり、「「4ひきのねこ」の前に並ぶ苗がとても可愛らしかったよ」、「「まめ蔵」が改装してきれいになったね」など、村人共通の会話が飛び交った。

改札を出るとすぐ目に止まる駅ビル「atré（アトレ）」の生花チェーン「Aoyama Flower Market」は、あちこちのターミナルでおなじみ。だが村人は吉祥寺にしかない「4ひきのねこ」で奮発して小さいブーケを買う。手軽なチェーン店に出向くのではなく、村人は買うことで今と昔をつなぎ合わせるのだ。

今から十数年前、私は家族と共にこの村に引っ越してきた。辛いときも、楽しい時も、これらの店はずっと同じ場所に在り続け、私の人生と重なった。

こういった老舗は目新しくもないから、雑誌の吉祥寺特集では新店のカフェや雑貨店に押され小さいスペースで掲載される。だが、本来の「吉祥寺らしさ」はこういう場所にあると思う。

吉祥寺に遊びに来る折りには、そういったわが村の老舗を、村人の心情をなぞりつつ巡礼してほしいと思う年頭だ。

わが村の小さな故郷

一年中あちらこちらへと飛び回った疲れが一気にやってきた師走。コレステロール値はオーバーし、血圧が上昇。それでも仕事をセーブせず、薬を飲みたがらない私に、温厚な主治医は「あなたは長年かけて自分の体を痛めつけたんですよ」とかなりキツいことを言った。お釈迦様のような彼は、静養しなければもう知らん、薬も出さんと、見たこともないほど怒っている。

今まで、どんな仕事にも精一杯取り組み、一度も断ったことのない私は、この日を境に仕事の予定を組み直すことに。悔しさと自己嫌悪で泣けてきた。

木枯らしの吹き荒れる都心のビル街は冷たい。足早に、とりあえず村に帰ろうと電車に乗る。

わが村に帰り、アーケードを抜ける。パルコ横の路地の外国食材店で、無料で配るコーヒーをもらうためだ。店の人がサービスで並べた椅子に腰掛け、コーヒーをすすろうとした途端、「さぁさぁ、いらっしゃーい」という呼び込みの声が聞こえた。

声の方向を見やると、「青空市場」という看板が目に飛び込む。その声に惹かれて中に入ってみるとそこは、元駐車場だった空き地にビニールをかぶせた簡易生鮮販売所に変わっていた。にぎにぎしい場内には、熊本県産の野菜や果物、牛乳、卵までが所狭しと並べられ、家族連れや主婦で賑わっている。

おお、九州だ。

私は、とりあえず食事の改善から始めていこうと沈鬱な面持ちで、カゴに山盛りに載った、しいたけやエリンギ（医者に薦められた）を、何も考えずポンポンと買い物カゴに入れた。すると側にいたお店のおじさんが「ははあ」と感心したような声を漏らしたあと、「お客さん、きのこ屋さんでもすっとですか？」と話しかけてきた。

長崎出身の私は突然の九州弁にたじろぎ、何も答えずにいると、「ウチんきのこはうまかけん、いっぱい持っていかんね」と笑うではないか。

小さな声で「ありがとうございます」と私。しっかりイントネーションは標準語で。カゴいっぱいのきのこと共にレジに向かうと、レジ横に紫色の絵の具が滲んだようなルビー色の丸い果物が二個あった。それをじっと見ているとレジの男性が「アケビよ」と言った。木になるアケビは、実がトロリと甘いので山で遊ぶ子供たちの絶好のおやつになるという以外にも、皮が味噌炒めなどの山菜料理に重宝される。

「オレが小さか頃は山ん中入って、二つに割ってムシャムシャかぶりついたとさ。種の多かけど甘かと。一個一〇〇円けど、買うとなら二つおまけしてやる」

うなずく私に、熊本兄ちゃんはアケビを袋に入れてくれた。

突然、天から降ってきたような九州弁。わが村に大好きだった長崎の市場が魔法の如く現れた。

胸がいっぱいになった。


聞けばこの市場で働く人は、ほとんどが鹿児島や熊本などの九州の人で、東京暮らしが長い店員さんも皆につられ、ついつい地元の言葉が出てしまうらしい。

よく見ていると、市場の入口の向こうは、見慣れた店舗につながっていた。

商店街アーケードの中にある二〇〇五年にオープンした「くまもと物産館」だ。周囲は若い女性向けブティックや雑貨店がひしめくわが村の一等地。個人経営者のオーナーが吉祥寺にお店を出したのは、東京一老若男女買い物客が多く集まる地だからとか。私も阿蘇の牛乳を求め、よく立ち寄っていた。

あの店の裏側が市場になるとは。

聞けば原発事故以降は、食に気を使う若い女性や子供連れ、地元の人々が押し寄せ、売上げが伸びたらしい。食以外にも社会不安が広がったせいか、人が人を求め、同郷の連帯が強まったのかもしれない。

九州の人が懐かしがり買いにくる「からしレンコン」や「アベックラーメン」など、見ただけで思い出が蘇る。野菜は（日曜日は市場が休みのため）月曜日以外は、毎日熊本から直送しているらしい。

それにしても市場はノスタルジックだ。

子供の頃、眼鏡橋のたもとに住んでいた私は、母と連れ立ってよく行く市場が二つあった。長崎の新鮮な魚が揃う「築町市場」と食品全般、雑貨までが揃う「青空市場」だ。生臭く、トタン屋根の薄暗い場所だった、繁華街のそばにある「築町市場」（現在は改装され、明るくキレイになった）は、魚を流す水や氷で靴がぬれてぐちゃぐちゃになり、私にとっては苦手な場所だった。

その一方、長崎一古い市場「青空市場」は、終戦後の食糧難の時代、中島川沿いの露天市からスタートした市場で、様々な物売りのおばちゃん達の活気でいつも賑わっていた。今でいう韓国・釜山のチャガルチ市場のような感じだ。

どこからやって来たのか分からない八百屋、花屋、総菜屋、漬け物屋、乾物屋さんらは、段ボール箱に銘々商品をのっけて、市場を歩く人に「これもってかんね、美味しかよー」と元気に声をかける。食品以外にも、靴やアクリルの安っぽいセーターなど衣料品や雑貨も並べられ、それらを眺めて歩くだけでも楽しかった。

厳格なクリスチャンだった母は、滅多に物を買ってはくれず、歩くと音の出るお姫様のマンガが描かれたつっかけが欲しいとねだっても、「サンタさんが持ってきてくれるわよ」と、はぐらかす。だが、誤って自分の茶碗を割ってしまった時などは、市場近くの陶器屋で鉄腕アトムなどマンガの茶碗を選ばせてくれた。その時のわくわくとした気持ちは今でも覚えている。

「嬢ちゃん、よかね。きれいか茶碗ば買うてもろうて」と、喜ぶ私を孫のように見立てて話しかけてくれる市場のおばちゃん。その「青空市場」も今はなくなった。

偶然にも幼少時代の思い出の市場が、わが村で出会った「青空市場」と同じ名前というのも嬉しかった。

そんなことをある日、わが村のマッサージ師、ナカタさんに話していると、彼女は分かりますと言ったあと、「私も同じ経験がありますから」と言った。

沖縄出身の彼女は、同じく東京に出てきている妹共々、時折市場の思い出から無性に食べたくなるものがあるという。故郷の味、それは缶入りポークとツナだ。ツナは沖縄ではとぅーなーと呼ぶらしいが、たまに切らすとパニックになるのはポークの方。

聞けば、沖縄の一般家庭では必ずポーク缶が常備されているらしい。ポーク缶とは、アメリカが販売しているランチョンミートの缶詰のことで、メーカーは多々あるが、沖縄で主流となっているのがSPAM（スパム）とTULIP（チューリップ）というメーカー。本土の感覚ではお手頃な魚肉ソーセージか竹輪だろうか。

戦後の食糧難の時代、豚肉の代用品として米軍経由で広まり、それ以来、日常のおかずにも多用されたポークは、現代沖縄料理では欠かすことのできない食材となった。関東では、SPAMが一般的に知られているが、沖縄の人はランチョンミートの缶詰のことをポーク缶と呼ぶ。

「私たちはポーク缶をみそ汁、カレー、チャンプルやサンドウィッチなど何にでも入れて食べるんです」

ポーク缶の無い食卓など考えられないというナカタさんは、ハーモニカ横丁の沖縄の食品やお菓子が買える「おきなわ市場」にポーク缶を買いに行くとき、私と同じく小さな故郷にホッとするのだとか。

「切って軽く焼くだけでもおいしいんです。あと卵とポークを一緒に炒める朝ご飯も大好物」

マッサージを受けながら話を聞いていた私は、昔一度食べたかどうかの「ポーク缶」を食べてみたくなった。

早速私はナカタさんのサロンを後にして、ハモニカ横丁へと向かった。

はたして、大人一人が立つのがやっとという小さな店、「おきなわ市場」の前に積まれたSPAMの缶を眺めていると、年の頃六〇くらいの店のおじさんが喋りかけてきた。どれにしようかなと迷う私に、ポークにも減塩や無添加のものなど種類もいろいろあるという。

ぶっきらぼうだが、話好きのようである。

「ふぅーん。さすがおじさん、沖縄の人だね、詳しいね」とほめると、手をぱたぱた横にふって「いやいや、おじさんは沖縄の人間じゃないよ。沖縄で働いていたことはあるけどね」とのこと。

びっくりとガッカリで「えぇーっ」と私。

おじさんは現在、週三回「おきなわ市場」を営業し、それ以外は山梨で無農薬野菜を作っているのだとか。休田している土地を借りて作る野菜は土が肥えているので、農薬を使わなくてもとても美味しい野菜が育つらしい。

行ったり来たり、風に吹かれたように生きている。

「おじさんの肌を見てみろ、ツヤツヤしてるだろ？　良いもの食べてるから体も健康なんだよ」

確かに肌はピカピカだ。どこも傷んでいない、私と違って健康優良児だ。

山梨で収穫した彼の野菜は並べると数時間ですぐ売り切れになるのだとか。

また、柿の中でも最上級のころ柿（干し柿）も名物らしく、「おじさんの作る干し柿を一度食べたら、デパートのものなんか食べれないよ」という。

「山梨は干し柿作りに向いた気候さ。冷たいからっ風が吹かないと美味い干し柿は作れない」

干し柿は皮をむいた柿を紐で結び、家の軒下などに吊るして乾燥させて作る。生の柿とは違い、食べても体を冷やさず、疲労回復、下痢止め、殺菌作用、解熱やかぜの薬として昔は珍重されたとか。

特別に見せてやると箱から大事そうに取り出した二つの干し柿。いや、正確には一個半だ（半分はお客さんに試食させたばかりだと）。

柿と柿の間には干すための紐がついていた。

「一口味見させてくれますか」と恐る恐る尋ねる私。

だが、おじさんは「ダメ、これ見せて年末の予約取ってるんだ。これ無くなったらお客さんに説明できないべ」と、後生大事に箱にしまい込む。

そうこうするうち、おじさんは棚などを奥に入れつつ店じまいを始めたが、その間も喋り続ける。ついにシャッターを下ろせるまで全ての商品を二畳程度の店内に入れると、「ふう〜」と大きなため息をつき、「やっぱりこれだけ話をしたんだ。言い放しってわけにゃいかねぇ。これを食べさせないとな」と勿体ぶった口調で、干し柿を再度箱から出してくれた。

干し柿など、従来あまり興味がなかったが、おじさんの自慢する「デパート以上」という逸品がどの程度のものなのか、ぜひとも味見したかった。

紐につながれた半分になった干し柿を一口食べた。ゼリー菓子「グミ」のような弾力ある固い食感。何度か噛むと、風雪を耐え抜いた果実特有の強い甘みにびっくりしてしまった。美味しい！　うそみたい！　と喜ぶ私を、おじさんが「そーだよ。干し柿はいったん冷凍庫で凍らせて、実を締めてから食べるのがうまいのさ。それは去年のヤツだよ」と、得意になっている。

今は柿が次から次へとなって、放っておけば鳥につつかれてしまう。早く作り終えなきゃなぁと、ひとりごちる。

山梨の富士山を望む枯れた平原。葉を落とした木々がたき火によって煙る山里を想った。冷たいからっ風に吹かれるおじさんも。

帰りがけ、「今度畑を手伝いに行く」というと、「都会の人間は手伝いに来たがるが、すぐ病気になるからな。来るんなら自給自足だど。まっ、期待しないで待ってるから」と笑いながらシャッターを下ろし、夜のとばりに消えていった。

考えてみるとこのおじさんは、「農」とも「沖縄」とも相容れず、よく分からないというか、人生の読めない人といった感じだった。

けれど、昔の市場にはそんな人がたくさんいた。都会の隙間からひょっこり現れては、いつの間にかいなくなる旅人のようでありながら、途方もない生活力に満ちている大人が。

心身共に疲れてしまった日は、デパ地下では決して味わうことのできない郷愁と活気を吸いこめばよい。

わが村に突如現れた、小さな故郷がそれに気付かせてくれた。

メイド・イン・吉祥寺

家具を新調したいという男友達と自由が丘にやって来たら、彼はなぜかとても怒っていた。どうしたの？　と尋ねる私に、吉祥寺に住む彼は、この町を歩く人間は皆気取っていて落ち着かない、早く帰りたいと言い出すではないか。

自由が丘から徒歩一〇分ほどの目黒通りには五〇〜六〇年代のアメリカ家具や英国アンティーク家具、北欧家具など外国製の家具屋が六〇店舗前後ひしめき合っている。その内の三八（二〇一五年一月現在）店舗が地域の活性化を目標にＭＩＳＣ（目黒インテリアショップスコミュニティー）を結成したらしい。

憧れの目黒通りの家具屋を目指したはずなのに、何店舗か回ると彼はそわそわして「こんなところで家具を買うより、西荻の骨董品家具屋を見て回る方がいい」と、私の服の裾を引っ張る。

お洒落にディスプレイされた照明や外国製の家具よりも、カビ臭い暗がりの店内に所狭しと骨董家具が並ぶ、西荻界隈の怪しげな骨董店の方が落ち着くのだとか。

それはわが村に暮らす者の特性のようなものではないかと思う。

東急線沿線に住む人間は、中央線の町を「ドロ臭い」と形容し、はたまた中央線沿線に住む人間は東急線の町を「気取っている」と突き放す。両者はそれぞれ自分の住む町が最良と信じているため、なかなか沿線を離れることができず、引っ越しといえど沿線内を転々とするばかり。

しかし、なぜそこまで互いが敵対心を燃やすのか、何が違うのだろうかと人々の服装を眺める。

そして一つ発見したことがある。それは町を歩く女性（五〇～六〇代）の装いだ。明らかに違う。吉祥寺界隈で見かけるおしゃれな中年女性は、ゆったりとした天然素材のウール、コットンや麻の服を着ていて、化粧は薄めかまったくしていない。

私が若かりし頃、「クロワッサン」に掲載されていたような、大橋歩さんやコム・デ・ギャルソンの川久保玲さんに近い。対して自由が丘の中年女性は、舶来品やセレクトショップの優雅な装いに、しっかり化粧をしているという人が多い。

それはまるで近年創刊された五〇代向けの女性誌のよう。モデルが齢をとっても依然美貌を保ってますという感じ。しっかりお金をかけて素肌も体型もキープして、まさにセレブなマダムなのだ。

しかし、どちらを良しとするかは個人の自由。両者それぞれが美意識を持ち、ライフスタイルを構築していくのだから。

それにしても、わが村の中年女性は、一体どんな店で洋服を購入しているのだろうか。自由が丘では見つけることのできなかったゆったりファッションに、ふとそんな疑問が頭をよぎった。

よく考えてみると、わが村にはずっと同じ路線を追求し続ける服屋が何軒かある。アパレル不況の中、GAPやユニクロが幅をきかせても凛と街角に建ち続けている店が。

吉祥寺の小金持ち中年女性ご用達の服屋として、まず最初に思い浮かぶのはそんな地元密着店の一つ、「TIGERMAMA」だ。三〇年余り前、吉祥寺にオープンし、現在は村に三店舗。揺るがぬ人気をキープしている。

日本製にこだわった生地、自宅でも洗濯できる綿のゴムスカート、パンツ、フリーサイズのセーターなど天然素材を中心に、お洒落でゆったりした楽ちんな服は、私が吉祥寺と出会った頃から根強いファンが多い。

思い返してみると、私にはこの店にまつわる思い出がある。一〇代の終わりにアルバイトしていたインテリア編集部の先輩がある日、「イガ子に服を作ってあげる」と言って、ポケットが付いたチェックのフレアスカートを作ってくれた。

若い編集者＝裁縫が結びつかず、どうせはったりだろう（失礼）と思っていた私は、渡された木綿のスカートを驚きを持って眺めた。それはとても可愛らしく、着るとラインが脚に沿ってストンと落ちている。広がらないフレアスカート。

私の喜ぶ顔を見てか、先輩はそのスカートに合わせて半袖のフレンチスリーブのブラウスも作ってくれた。

聞けば「週末、吉祥寺にある服屋のアトリエに行き、スタッフの横で一緒に服を縫っている」とのこと。

当時の私は、近所の主婦が集まってキルトを作っている感じなのかなと、キルトビー（女性たちがおしゃべりしながら針を持ってキルトを作る様子を、ぶんぶんと騒がしい蜂の巣になぞらえた言葉）を想像した。

「TIGERMAMA」のアトリエが吉祥寺にあり、地域密着型の吉祥寺の洋服屋と知ったのも先輩のこの話からだった。

「TIGERMAMA」は基本的にセールを行なわないらしいが、四年ほど前たまたま吉祥寺シアター近くを歩いていたら、特別セール会場という貼り紙に惹かれ入ってみた。会場は恰幅の良い中年女性がひしめき合い、スーパーの大値引きセールの間違いでは、と錯覚するほどの白熱ぶりで、村のマダムが皆、目当ての服をわしづかみしていた。

同行した二〇代そこそこの甥っ子は「母ちゃんの割烹着のような服なのに、なぜ取り合うのか」と、セールの盛り上がりぶりに目を白黒するばかり。そんな女性たちにぶつかりながらいくつかの服を、まじまじと見た。

セールとはいってもそれなりの価格だ。しかも全体にダボッとしているから、下手をすれば老けて見えるはず。

だが試着してみると、クロップドパンツはウエストゴム仕様ではき心地が良く、ジャケットは軽く、上着は肩こりもしないうえ、見た目も格好良く粋に感じた。

結局、その日、私も三点購入。未知との遭遇にワクワクした。

家に帰りサルエルパンツをよく見ると、ウエストのゴムが二段になって計二本入っている。不思議に思った私は、後日お店の人に聞いてみると「太ったら、ゴムを抜いて一本にすればいいし、痩せたらゴムをきつく締めればいいの。うちの服は一〇年選手だから、長く着てもらうため工夫してるのよ」とのこと。

やせた人が着ればメンズライクでマニッシュに見えるし、ふくよかな人にとっては気楽に着れる手放せない一着になる。

さすが倹約精神にあふれたわが村で育った洋服屋である。

フリーサイズが多いのもそのためという。なるほどなぁと、ますますはまってゆく私。

スタイリッシュな服装を好む男性陣は「おばさんっぽい」と評するが、三〇代になると皆、この店が気になるらしい。

ある日それとなく娘に聞いてみると「あそこの服ステキだよね。私も年取ってお金に余裕ができたら、着てみたいなぁ。だってさ、今流行りのナチュラル系元祖じゃん」とのこと。

さすが村の娘。中央線のＤＮＡは服装においてもしっかり刻まれている。

最近、巷では「大人かわいいお洋服」というフレーズが乱舞している。素材重視で着心地が良く、五〇代の女性が着ても品良く、愛らしく見える服。

アンチ東急線スタイルから始まった吉祥寺フォークロア探し。私もわが村を歩きながら、天然素材のゆったりした服を探すようになった。

そうして気づいたのは、吉祥寺は他の町に比べて中年女性をターゲットにした地元にアトリエのある洋服屋さんが、いくつもあるということ。

天然素材を中心にした「Cotton House Aya」もその一つ。ゆったりした着心地のいい服を展開してきたこの店は、一九七〇年に世田谷・芦花公園にうぶ声を上げて、一九八三年二店目を三鷹に作った。現在は七店舗を展開している。全国のデパートなどにも卸し、ファンになった人達が遠方からわが村の直営店目がけやってくるそう。

店内に吊るされていた圧縮ウール素材、キラキラと光を放つガラスボタンのカーディガンが目に止まり試着してみた。「TIGERMAMA」同様に、とても軽くゆったり着れる百貨店ブランドにはないゆるいライン。私には少し大きかったので母のために買うことにした。

気さくに接客してくれたショートカット、ミドルエイジの粋な女性に、おたくの服はどこで作っているのか尋ねたところ、「三鷹のアトリエよ」と即答。今度はメイド・イン・三鷹を見つけた。

物によっては生地屋さんと組んで、素材からオリジナルで作るらしい。

とっても軽いウールと麻の混紡コートを羽織ってみると、軽くて、動きやすくて、暖かい。ポケットも大きくて深いので、眼鏡、ケータイ、財布を入れれば、バッグを持たず村を歩き回れる。起毛した麻の暖かさは着た者にしか分からない。最近太ったと嘆く友人の分とお揃いで購入した。

責任者らしきその女性に、なぜ、自分達で服を作ろうと思ったのか尋ねたところ、くるぶしまであるスモックワンピースを着た彼女は袖をめくりつつ教えてくれた。

「それはね、今から三〇年前、中高年の服と言えばバリエーションもなくて、いかにも「中年」みたいなデザインばかり。着たい服がなかったの」

確かに昔はおばさん服といえば、ラメ付きアンサンブルか地味な色のゴムズボンばかりだった。わが村にも格安なおばさん御用達の洋装店は何軒もあるから、一定の需要はあるのだろう。それらは国産ではなく、かつナイロン、ポリエステルといった化繊のものが多い。

「だから私達の世代は、みんな自分で服を作っていたのよ。それがきっかけで着たいと思う服を作り始めたら、とても喜ばれたんです」

そうだろうなぁと感心した。

ところで日本にミシンが普及したのは明治時代のことだ。第二次世界大戦が始まると、家庭用ミシンは製造を禁止されて軍用ミシンのみが製作されてゆく。そうして終戦を迎えるとミシンの需要は飛躍的に増大。繊維製品が当時の日本の主な輸出品になったため、一九四七年には家庭用ミシンの規格が統一されたという。

工業用の他にも家庭用ミシンが多く作られたのもこの頃。結婚したら家庭におさまることが当然の流れだった日本女性の仕事といえば、家でできる内職だった。よって内職に欠かせず副収入を得やすいミシンが、タンスと並んで嫁入り道具とされた。

時が過ぎて、安価な海外生産品が流入すると、作るより買った方がはるかに安いと、ミシンを扱える人は激減し、家庭からミシンは姿を消していったのだが。

私が子どもの頃の昭和三〇年代、ミシンは一家に一台あり、節約のために子供の服を作る親は多かった。母も身体が小さいことと、安上がりだからと「よそ行き」は生地を買ってきて、洋裁の先生のところに通って自分で作っていた。

強い西日が入る家事室兼裁縫部屋は四畳半の小さなものだった。そこには母の体型そっくりの小さなトルソーがあり、仮縫い中の私のワンピースもかかっていた。

だから家庭科でいきなり雑巾を縫わされた時も、こんな簡単なことをなぜわざわざ授業でやるのだろうと思った。

お金に余裕がないから手作りをするのだと、ハンドメイドの価値が分からなかった私は、デパートで服を買ってもらえないことに不満ばかり募らせていた。

アパレル産業の売り上げは、二〇〇七年から減少に転じた。それに加え〇八年秋ごろから「H&M」や「フォーエバー21」、俗にいうファストファッションなどの外資系産業が参入し、若者層の市場を根こそぎもっていかれ大苦戦している状況だ。

そんな中で、子供の手も離れ、お金に余裕のある中年女性をターゲットにした着心地と天然素材を売りにした吉祥寺製、三鷹製の服屋さんでは、お客さんが途絶えることなく、一着一万～三万円前後のパンツやブラウスが売れ続けている。

これからもわが村の服は、時代を超えて村の女性に愛され続けるに違いない。

ホーロー鍋を売る店にて

鍋と私の人生は切っても切り離せない。

私が幼少期育った長崎の家は、祖父が商いをやる金物屋の二階で、一〇坪ほどの金物屋の壁にはアルマイトの鍋、やかんなどがぶら下がっていた。

なぜか地元では評判の金物店で大晦日になると、近所の人が鍋を買いにきて、まけてくれと頼んでいたが、店番をしていた祖母は頑としてまけようとせず、子供心に「少しくらいいいのに」と思った。

しかし、なぜ大晦日に皆が鍋を買いにくるのか。鍋なんか滅多に壊れるものでもないのにと不思議だった。ところが母によると、戦後の薄い鍋はアルマイトで、焦げると穴が開く。当時はアルミニウムの継ぎを火ごてで溶かして、修理屋さんが鍋を直して使っていたらしい。

だから元旦くらいは真新しい鍋を新調しようと、客足が途絶えなかったのだ。

数年前、私の父が一週間ほどわが村に滞在したことがあったが、最初にしたことは鍋探しだった。昼間、けっこうヒマをもてあましていた父は、わが村にある西友の日用品コーナーに出向いた。だが、どうだったと尋ねると、「全然いいのがない、面白くなかった」とすぐ帰ったという。

「無印良品」やデパートなども一通り見て、「この街には金物店がない。鍋やボールは本当にいいものを使わなきゃいかんのに」と文句をいう。祖父の後を継いで金物屋の商売をしていた父には、鍋に人一倍思い入れがあるのか、私にも、良い鍋を持っているかと聞く。

A社のステンレス多層鍋を愛用している私は「大丈夫、立派なのがある」と安心させた。

それでも父は、なにか言い足りなさそうで「鍋釜だけは安物と値打ち品はぜんぜん持ちが違うからな」と言って郷里長崎に帰っていった。

鍋のエピソードはまだある。この原稿の写真撮影をした際、カメラマンのHが「色がきれいなのでル・クルーゼの鍋の前で撮りましょう」と私を中道通り商店街まで引っぱっていった。

なぜ若者の彼が外国製鍋の名を易々と語れるのか。彼の口ぶりから、若者の間でル・クルーゼなる鍋を持つことが一種のステータスになっているのだと知った私。

聞けばル・クルーゼは二万円近くするという。なぜ鍋一つに大金をつぎ込むのか分か

16100

らない。撮影の折、初めてその鍋を手に取ったが鉛のように重くて、料理をするだけでヘトヘトになりそうだった。

村の日々は穏やかに過ぎていく。日本各地は歴史的大雪が降り積もって、吉祥寺もドカ雪に見舞われたある夜、娘から連絡があった。重要な話があるというので彼女の家に駆けつける。

すると娘は目を潤ませて訴えるではないか。

「私は吉祥寺を出る。二〇年近く吉祥寺に住んだので、違う街にも住んでみたい。ママからも、いい加減独立したほうがいいと思う」

聞けば、交際中の彼も同じ思いだという。二〇代の女の子は強そうでいて実は、男性に追従する傾向にある。

これは本気だ。

青天の霹靂とはこのことか。頭を殴られたような私は、娘の言葉に二の句が継げず、亡霊のように一人街をさまよった。

娘と一緒にお墓を選んだり、服を見たり、農家で野菜を買ったり、村で過ごした思い出が走馬灯のように蘇っては消えた。

こんな時、不思議と思い出すのは、武蔵野の里山のようなのどかな風景だ。

娘が中学生だった頃、長靴を買ってとせがまれたが、そんなもの必要ないと聞き入れなかった。後で聞けば通学路であるキャベツ畑のあぜ道を歩いていると、ぬかるみで運動靴が汚れるから嫌だったらしい。今どき東京にそんな足場の悪い通学路があるだろうかと首を傾げた。だが後になって通学路を歩いてみれば、広大な農地が広がっていた。見渡す限り青々したキャベツがどこまでも続き、大地の濃い吐息を吐いている。

あの時、なぜ買ってやらなかったのだろう、なぜ、泥だらけの靴に気付かなかったのかと、どうでもいいことを悔やむ。

彼女は吉祥寺から遠ければどこでもいいと言った。「ママが簡単に来れないような海辺の街」とも。

彼女はもうすぐ三〇になる。いい加減、放っておくべき年齢だ。墓守娘にする気などさらさらないのだから。

数日考えた末、そのことを伝えようと家を訪ねると、娘は何も言わず背を向けてキッチンに立っていた。

「なにしてるの?」と覗き込むと、「ふふふ、実は彼にお鍋を買ってもらったの」と笑う。

クリーム色のホーロー鍋がガスコンロにかかっている。

念願の彼からのクリスマスプレゼントに、買ってもらった鍋のおかげで先日の決意など忘れたかのように嬉々として人参と厚揚げの煮物を作る娘。

彼女の「村を出る宣言」で心を痛めていた私は、その嬉しそうな顔をみて気が緩む。

ふと蓋のロゴに目を落とすと、なんとそれは例のル・クルーゼではないか。

「二万円ちょっとしたんだけど、彼が頑張ってエプロンとセットで買ってくれたの」と、自慢はノロケに変わる。

「その鍋重くないの？」

「まあね、でも料理がすごく早くできるし、美味しいんだよ」

娘は得意げだ。

鍋の中に具を投げ込み、五分もすると鶏肉からは肉汁が、野菜からは水分がじゅわじゅわと溢れ出て、私は思わず目をみはる。

娘は料理の本を見ながら、計量スプーンでみりんを計っている。その目つきは真剣で、きらめく幸福が指先に宿っているようだ。

計量スプーンで調味料を計ったこともなければ、料理本すら見たこともない私は、娘と自分の生き方の違いをしみじみと感じた。彼女はこれからもずっと料理や子育てを社会の規範に従って、そうすることに疑いもせず生きていくんだろう。

私の料理といえば、なんでもぶつ切り、ごった煮で、人気料理研究家とは別の意味の手間をかけない、スピードが勝負のもの。

けれどそれは必然から生まれたものだ。五〇代になった今も、都心、ロンドン、吉祥寺というトライアングルゾーンを飛び回るため、常に時間に追われつつも、自己実現を果たそうとしてきた。得るものもたくさんあったが、失うものもあった。

そして娘は、ル・クルーゼがあれば十分幸せなのだ。

一〇分程度で煮物が出来上がった。

A社のステンレス多層鍋が一番と思っていた私は、その早さに驚愕した。

一口味見をすると、人参は口の中でほろほろと崩れ、鶏肉はみりんが染み込み、噛むと蜜の味がした。

娘の村を出る話はずっと語られないまま。決意は立ち消えとなったのか。私達は鍋について語り、別れた。


わが村がひっそりと静まりかえった、雪の日の夕方、一人商店街を歩いていると、決算セールという看板をでかでかと出した店があった。表にはホーローの食器が積みあげられ、吸い寄せられた。

店内には南仏の陽光を思わせる色鮮やかなル・クルーゼの鍋が所狭しと並び、じっと眺めていると、店長らしき男性が「お鍋をお探しですか？　もし料理を究めたいならストウブがおすすめですよ」と声をかけて来た。

ル・クルーゼとストウブは共にフランスの製品だ。ル・クルーゼ社は一九二五年創業、機能的で、デザイン性にも重きを置き、様々な種類の鋳物ホーロー製品を手作りで生み出している。

一方、ストウブ社の製品は、一九七四年に創業者フランシス・ストウブ氏と三ツ星シェフのポール・ボキューズ氏他の有名シェフ達により考案された。蓋の裏側についたピコと呼ばれる突起が威力を発揮し、蒸気を自動的に循環させる働きをしているのだとか。立ち上った湯気が蓋の内側からポトリ、ポトリと旨味を含んだ水滴となり料理にしたたり落ちる。二万円を超える価格も、一生ものというキーワードに揺らぐ。

ル・クルーゼは女性に人気で、ストウブはシェフや男性に人気があるらしいが、見た目はほとんど変わらない。「鍋を買うならストウブがいいですよ！」という店長の言葉に、ル・クルーゼを前にした娘の嬉しそうな顔と、鍋にぐつぐつと煮立ったビーフシチューを想像し、私もこの鍋で今すぐシチューを作ってみたいと強く思った。

楕円形の鍋はチョコレート色で、キッチンに置くと幸せな気分になれそうだ。迷う私に、私と同世代くらいの店長は「僕ならこれを買いますね」と、さらに推す。

「形も横に長いから魚も肉も焼けます。しかも内側はザラザラした表面加工で油が馴染みやすく、お肉も焦げ付きにくいんですよ」

ジュワジュワとにんにくの香ばしい香りに包まれるステーキが脳裏に浮かぶ。決めた。買おう。

「これ買いますが、荷物が多いので、駅ビルのお肉屋さんまで買い物に行く間、預かっておいてもらえますか？」と、私。

両肩に資料や本が入ったトートバッグが食い込んでいる。このうえ、重量挙げのバーベルのような鍋まで抱えて買い物するなど不可能だ。

すると店長は、「いや、今日は雪で暇だから、うちの子に持って行かせますよ」と、娘くらいの若いバイトの女の子に、これを駅まで頼むよと指示する。

「いやぁ、わざわざすみません」と恐縮する私に店長は「いいですよ、今日は暇だから」と鍋を箱詰めする。


夜の商店街は店じまいする慌ただしさに満ちていた。

ニコニコしながらストウブの入った箱を抱えてついて来る女の子に、「こんな高い鍋をどんな人が買うの」と聞いた。

すると彼女は目を輝かせた。

「年齢は関係ないです。クリスマス前なんて凄かったんですよ、奥さんへのプレゼントに買っていく旦那さんや、自分へのご褒美にと買っていく若い女性もいました。私は高くて手が届かないけど、おばあちゃんがストウブを持っているんです、だから遊びに行くたび料理を作らせてもらってます。おばあちゃんに教わったとおりにやると蓋の重みで熱が逃げず、すごーく早く、何でも美味しくできるんですよ」

屈託ないお喋りが続く。

私達は人ごみをかきわけ、駅ビル内の肉屋に着いた。女の子は私がどの肉を買うのかじっと見ている。対面販売のこの店では、欲しい肉を店員さんに大声で注文しなければいけない。ここはしみったれずドンといこう。

「シチュー用の和牛！」と注文する。

だが、値段を見ると予想以上に高い。二〇〇グラムで一五〇〇円近くする。

「やっぱり豚肉にします、雲仙ポーク角煮用ください」

すると女の子は鍋を持ったまま目を丸くして「え、ビーフシチューに豚肉なんですか？」と驚きの声を上げる。

ケチと思われては心外なので、「いいの、ルーを入れれば、牛肉も豚肉も変わらないからいいのよ。豚肉のブロック六本を半分に切れば、かたまりが一二個になるでしょ。それで十分なの」と、訳の分からない説明に彼女は「なるほどー」と感心している。

豚肉を包んでもらった私は、「ありがとね、レジに行くから。もう帰っていいよ」と言うと、「いいですよ、今日は雪も降ってて暇だから」と、店長と同じことを言う。

このセリフを聞くのは今日六回目か。

彼女は結局、私と一緒にレジに並び、ずっと鍋を持ったまま、今度は店で売っているホーローのミルクパンについて喋り始めた。

「せいぜい牛乳を温めるくらいしかできないし、焦げ付きやすいんです。だから買う必要ないですよ」

「でもね、知り合いが便利だっていうのよ」

娘のキッチンが脳裏をかすめる。彼女はかわいいミルクパンも使い易いと持っていた。片や鍋を持った女の子は心底料理に興味があるようで、

「どんな味なのかなぁ、豚肉シチュー」と、声を弾ませる。

どこまでもついて来る彼女を、一〇代の頃の娘のように感じた。

雑貨店のアルバイトでは、ル・クルーゼもストウブも本当に手の届かない夢なのだろう。

この子も娘のようにいつか恋人ができたら、プレゼントに憧れの鍋を買ってもらうのだろうか。

わが村に再び雪が降り始めた。急がねば車が拾えなくなる。

駅ビルを出る頃には、私達はすっかり打ち解けて妙な高揚感に包まれていた。

「じゃあ、私はシチューの素を買いに行くから、本当にありがとね」と抱え込んだ鍋を受け取る。

「美味しいシチューが出来るといいですね」と、女の子はついに店に帰って行った。

七〇代というあの子のおばあちゃんは、孫と一緒に料理ができて幸せなのだろうな。人なつっこい性格なのか、気立てがいいのか。イギリスなら何十回となく経験した通りがかりの人との心温まるやりとりは、他人との垣根が高い日本で「サービス」「義務」「モラル」などのト書きが付かなければ成立しづらいけれど、わが村ならば大丈夫。いつの世も人と助け合って生きてきた村人というものは、いとも簡単に他人と親しくなる特技を持っているから。

娘との別れを覚悟していただけに、鍋とともに望外な贈り物を受け取ったような気がした。

この感動を誰かに伝えたくて、私は資料の入った重いカバンと、ホーロー鍋と、肉の塊を持ったまま雪の中、娘に電話した。

「私、今なに買ったと思う」から始まる会話に娘は興味深く耳を傾けていた。今度お鍋見せてねと話を終えるまで。

空から絶え間なく白い雪が降ってくる。

何か一つ、大きな問題に片が付いたようで、私はほっと胸をなで下ろした。

その夜、豚肉のビーフシチューは最高の出来で、「鍋だけはいいものを使えよ」という父の言葉が、ストウブのぐつぐつとわき上がる湯気の中から立ちのぼっては消えた。

一週間だけの幻の店

二〇代の頃、激しく下北沢に憧れた。思い切って引っ越し、生活を切りつめ、監獄のようなワンルームの家賃を一生懸命払い続けたものの、生活はやせ細るばかり。週末に訪れていた大好きな街は、日常の通勤ルートになり下がり、好きな街に自分の拠点を持つものではないと思い知らされた。

外から見ればサブカルチャーとたくさんの楽しみが詰まっている下北沢だが、暮らしてみれば家賃は高く、路地が縦横に張り巡らされ、高い建物こそないものの、広場や公園もなく息が詰まりそうだった。

唯一、救われたのが駅の周辺に残るヤミ市もどき、下北沢北口駅前食品市場だった。そこには安くて新鮮な青果店や、絵を描く私にとって見るだけでうれしい額縁屋など、吉祥寺のハモニカ横丁を思わせる戦後のぬくもりがあった。

けれど、ここではないといった感情が募り、二年とたたないうちに、私は杉並区に引っ越した。

その下北沢につい先だって用ができ、日もとっぷり暮れた時間に駅の周辺を久しぶりに歩いた。ゴーストタウンのような静まりかえった市場には、ひたひたと都市開発の足音が近づいている。かつての看板を掲げたまま風化しそうな商店。三〇年経っても昔見た額縁屋の看板は残っているのに、魂を抜かれた廃墟のよう。

市場を通り抜ける住人も、アンダーパス（歩道）ぐらいにしか思わないのだろうか。薄暗い夜の市場は薄気味悪く、皆、足早に踏み切り前の開けた場所を目指す。

街が活力を失う時はこういうプロセスを経るのだろうか。

二〇〇六年、東京都は環七と同じ二六メートルの二車線道路と、駅前広場の事業認可を下北沢に下ろした。道路が広いと高い建物が建てられる。この時とばかりに世田谷区都市計画審議会は、高層ビルが建てやすくなる地区計画案を承認したという。

いきおい、古い商店が立ち並ぶ路地や横丁の行く末が取り沙汰された。反対運動も起きたものの、それは下北内の話題にとどまった感があり、すでに北口ピーコック辺りや、用地買収された区域では工事が始まっている。

「ビンテージの古着に侵食された段階で下北は終わったのよ。原宿の竹下通りと変わらない若者ばかりの街になってしまった」

長く下北沢に暮らしていた四〇代の独身女性（リッチなフリーデザイナー）は、数年前に下北から神楽坂に引っ越してしまった。開発が決まってしばらく悩んだ末のことだった。

彼女の気持ちはわかる。あちこち歩いてみたけれど、古着に夢中な劇団小僧やフリーターらしきカップルがコンビニの前でたむろっている。

たこ焼き屋の前は、長い行列ができていた。安いのだ。それもまた大いなる魅力だろう。だが、それだけでは満足できない。吉祥寺の面影がちらつくからだ。

わが村では、メンチカツや一日一五〇個限定の羊羹に長い行列ができる。深夜から並んでも手に入れたい羊羹は、村人でさえ食べたことのない人が多い。幻の味、製法、店主のこだわりが伝説になってよそ様をも惹きつける。

長い列に並ぶ高齢者も、一歩ずつ店に近づくたびに高揚している。

ああ、なつかしきわが村の路地に育まれた名品よ。

たこ焼き屋に並ぶ若者に混じり、寒空のもと立っていると、村が一層恋しく思われてならなかった。

かつての下北はそれなりに成熟していた。

エッセイストの熊井明子さん（夫は映画監督・故熊井啓氏）と下北について話した折、「お野菜を買いに時々下北に行くんです。あの市場が好きで」と嬉々として語っておられた。俳優・平幹二朗さんも高い建物がなく落ち着くとおっしゃっていた。文化人やクリエイターに愛された面影は、若者マーケットという異質な要素を混入させたことで消滅してしまったのか。

異質とは色とりどりの古着の店であり、薬局、ファストフードチェーン店であり、おびただしい安売り店である。今の下北沢を大人が満足できる街に戻すことは、不可能かもしれない。

このような事例を見るたび、わが村が同じ経路をたどらぬよう祈るばかりだ。武蔵野市議会議員の山本ひとみさんなど、吉祥寺を考えようと誓い合っている村人は幾人かいる。

絶対に村の文化力を根絶やしにしてはならない。

ところで、私はイベントというぼんやりした語感に魅力を感じない。よく企業の企画会議に参加すると、広告宣伝とともに「イベントをやりましょう」と提案する人がいるが、「展示会」とか「祭り」という方が具体的でワクワクする。

「冬の小さな英国展」をわが村で開催しようと決めたのも、開発が進む駅周辺の商圏に対してインディペンデントな独立系、小さな店が頑張っている商店街にいたく共感し、自分もその一粒になりたい気持ちが日々、強くなっていったからだ。

同潤会アパートを思わせる村のはずれのツタの絡まる建物の一階。駅から商店街を歩いて一五分はかかる小さな手作りギャラリーを会場にすることに決めた。

カフェ文化とともに都内あちこちにギャラリーが誕生したのは、バブル崩壊後。多くの日本人が物質的豊かさより精神の充足を求め始め、小さな暮らしの楽しみを模索した流れだろう。

ところがどっこい、すでに書いてきたように、私はカフェやギャラリーには縁遠い生活をしてきた。しつこいようだが、喫茶店&私設博物館の方がより好きなのだ。

わが村にも老朽家屋を改装して短期貸しギャラリーがいくつかできた。それはアートの追求というより、路地の奥や市場の上階など、ロンドン・ハムステッドにある天井桟敷の劇場を思わせる謎めいたものだった。

ビクトリアン時代の建物の最上階にひっそりと息づく地域芸術の殿堂、「フリンジシアター」と呼ばれる手作り小劇場には、ドレスアップしたハムステッドのお金持ちが観劇を楽しんでいる。

その姿を見た時、家の近所で文化や芸術を堪能できる豊かさにしびれた。これが身の丈に合ったスローライフを堪能する成熟社会のあるべき姿だ。わざわざ気張ってロイヤル・オペラハウスに出かけなくても、羽根を付けた古着のロングドレスを身にまとい、颯爽と歩いて地元のシアターに出向く。顔見知りの人々と談笑し、開演を待つ。

そこには愛する街に住まう誇りが漂っている。声高にここは人気の街です、皆が住みたい街ですと言わずとも、大勢の人が共感できる何かがある。


ギャラリー「R」でせっせと会場づくりをする最中、ずっとハムステッドのことを考えていた。吉祥寺と同じく文化人の人口密度は高い。我が家の少し先にはアラビアのロレンス、ピーター・オトゥールも住んでいた。エマ・トンプソン、カズオ・イシグロ、猫の額ほどの狭いビレッジでは、著名人もなごんでいる。あの村が古着屋に侵食されて、カムデンタウンの乱痴気マーケットのように変わることはないだろう。テイクアウトの紙皿やコップが道ばたにわんさか投げ捨てられることも。

スタバやマックがあり、コンビニの代名詞「TESCOエキスプレス」が幅をきかせても、フリンジシアターや、古本、骨董品を売るコミュニティーマーケットが廃れることはない。

集う人々の嬉しそうな表情や、ロンドン郊外からせっせと古い物をかき集めて骨董市をやる店主の口振りを聞いていると、文化は不滅なりと信じられる。

人々の「私はこういう暮らしをしたい。今日も明日も一〇年後もこの生活を変えたくない」という主張が強く伝わってくる。これがイギリスらしい地元の価値を支えているのだと思う。

わが村吉祥寺においても、多くの村人がこれまでと変わらぬ生活を望んでいる。変わらなくても成熟していくスタイルの延長線上にハムステッドが漂う。

英国展会場の壁には、これまで撮りためた、たくさんの英国ものづくりの現場を収めた写真や解説をパネルにして貼った。また棚には北はハイランドから南はロンドン、西はウェールズの田舎まで、駆けずり回ってかき集めたセーター、ブランケット、靴下、ジュエリー、タイル、石けん、ハーブなどを所狭しと展示した。

「英国展」ではあるが、私の故郷・長崎の骨董品屋で折に触れて集めてきた小引き出しなど、たくさんの古い道具や家具も並べた。

隣で店を営むギャラリーの副管理人が私達の準備する会場をのぞいて「すごいですね。本格的なつくりじゃないですか」と、興奮している。嬉しいけれど実際のところどうかは開けてみなければわからない。なんせこんな村外れだし、さほど告知したわけでもないし。一体どれだけの人が来てくれるか。

はたして、初日は開場前から何人もの方が待っていてくれた。平日にもかかわらず、遠方からもたくさんの方が来てくれた。日曜日は、客足が途絶える事がなく、スタッフは夕方五時頃まで飲まず食わずであたふたと応対していた。

結局、イギリスから買い付けたセーターや靴下は完売した。

村人に混じって、私が同行する英国ツアーに参加した方や毎日足繁く通ってくれた人もいた。

来てくれた人の中で最も多かったのは、中高年の女性だったが、ご近所さん以上に府中など吉祥寺までバス便でつなぐエリアからの来訪者も多かった。

散歩の途中ふらりと立ち寄ってくれた新婚カップルの旦那さんは、実家が吉祥寺で、吉祥寺好きが奥さんに乗り移り、結局結婚してもそのまま一緒に吉祥寺に住んでいるらしい。

品の良いご夫婦は、ご主人が奥さんの誕生日の贈り物にと、ヨークシャー・デンツ村で作られたニットを買ってくれた。セーターを着た奥さんに「似合うね、若々しいよ」と褒めるその姿はまぶしくて、老齢になっても手をつなぐイギリスの夫婦を思わせた。

また、互いに杖をつきながら散歩をしていた老夫婦のことも忘れられない。明らかに村人と分かったのは、このギャラリーで何が催されるのか、いつも楽しみにしていると語ったからだ。

帽子をかぶった小柄な奥さんが「私、ここ見てきてもいい？」と聞くと、うんとうなずき、一人外で待つご主人。風の冷たい昼下がり。思わず「寒いですから、ご一緒に中にどうぞ」とご主人を招くと、目尻を下げて杖をつきつつ、ゆっくり会場に入ってこられた。妻が興味深そうにセーターなどを見る後ろ姿を、転ばないかと時折身を乗り出しては眺めて、私達が淹れたハーブティーを「暖まります」とすすってくれた。いたわりの眼差し。謙虚な物腰。二人でささやかな日常を共有する生活振りに、目頭が熱くなった。

結局ご夫婦は、長い時間を会場で過ごして帰っていかれた。

「いっときでしたが、楽しい時間をありがとう」

杖をつきながら階段を降りる妻を見守っていると、また来ますとご主人は頭を下げた。

連日詰めてみれば、一見ギャラリーと縁が無さそうな中高年の来訪者がとても多いことが意外だった。わが村の高齢化は急速に進んでいる。けれどその暮らしぶりは、老いることも悪くないと思わせるきらめきがある。

吉祥寺ナンバーワンの売り子と私が密かに思っている服屋の店員さんも雪の降る中、訪ねてきてくれた。

悪天候のせいもあり、ギャラリーにやって来るお客さんはちらほらしかいない土曜日、彼女は来るなり「遅くなってしまいすみません、なかなかお店を抜け出せなくて……」

と言った。

こんな日も客足が途絶えないとはすごいなと思った。

彼女は、三重県の編み機で作られたコットンのインナーを購入し、「ずっと居たい気持ちにさせる空間ですね。ふわふわのこのシャツは着るのが楽しみです」と言って帰っていった。

その場にいた読者の方が、彼女が帰るやいなや、「あの方、井形さんのエッセイに登場した店の方じゃないですか？」と聞いて来た。

「なぜ、分かったんですか？」と慌てた。

確かに黒のクラシックなロングコートで颯爽と現れた彼女は、独特の雰囲気がある。吉祥寺であり、ロンドンであり、バロックであり、遠い友人のようでもある。

英国展を開催したギャラリーのある商店街は、粒ぞろいの店が集結している。

そういった店はわが村を制圧しそうなチェーン店に埋もれて目立たないが、店主のこだわりや文化を渇望している人々にとっては宝だ。英国展に来るお客さんはしきりに、どこにでもある物はいらないと言っていた。

人は物を通して文化やストーリーを買いたいのだと感じた。

出身地が神奈川県相模大野のスタッフは、長ネギがのぞく買い物袋をぶら下げ、ギャラリーになんの抵抗もなく出入りする地元のおばちゃん達に驚いていた。

「相模大野なら、生活必需品をさっさと買って家に帰る人達が圧倒的。たとえこんなギャラリーがあっても、敷居が高くて入らないですよ」

と、言った。

数年前吉祥寺に引っ越して来たスタッフの一人は、吉祥寺特有の「村」という感覚が分からなかったらしいが、この英国展で道行く村人と接するうちに、初めてその意味が分かったと言っていた。

村とは地域の仲間意識——だと。


どこからいらしたんですか？　中町から、私は本町から。など、村人ならではの会話が飛び交う会場。他人だけど他人じゃない感覚。

それは吉祥寺の住人という暗黙の了解か。

遠いイギリスのハムステッドと吉祥寺という村が溶け合う。

学校が、家が、職場が吉祥寺である限り、いつでも誰とでも繋がれる。このような場所は東京中どこを探しても見つからなかった。

英国展を開いていると知ると、近所の英国雑貨を売る店が「近所が嬉しいことになってる」とツイッターを飛ばし、元伊勢丹別館のアイルランド雑貨専門店からも店員さんがやって来た。

「アイルランドも好きだけど、イギリスも大好きなの。あー、トーマス・ファーガソンのリネンだ。私、ベルファストも行ったのよ。今度、うちの店にも遊びに来て」

ついこの前、立ち寄った店の人が、今日はお客となり、旅行談義に花を咲かせる。

ああ、吉祥寺とは大きなマーケット会場のごとし。

在日三〇年のイギリス人は、日本人にとって他人に話しかける行為は、とても敷居の高い勇気のいることだが、わが村には難なく垣根を跳び越える不滅のキーワードがある、と言った。

私達は吉祥寺で共に生きている。

昨日までと変わらない歩き慣れた通りに、路地に、街角に新しいことが生まれることを楽しみにこの街に暮らしている。

決して壊死することのない生きた街並みに、たくさんの物語が数え切れないほど潜んで、村人をつなぎ合わせているのだ。

吉祥寺のお寺に眠りたもう

イギリス・ロンドンのハムステッドにフラットを購入してから、以前にも増してロンドンと東京を行き来する機会が増えた。

その頃から、もし飛行機が墜落でもして私が死んだら、一人娘はどうなるんだろうと、「万が一」をあれこれ考えるようになり、いわゆる生前整理のようなことを画策し始めた。もっと近くにお墓をつくった方がいいなと思ったのもその一つ。

夫の両親のお墓は埼玉県飯能《はんのう》の山奥にあり、わが村からは車で一時間半、渋滞にはまれば二時間近くかかる霊園にある。

周囲は里山。環境はすこぶる良く、近くに名栗川という清流が流れていて、ざりがにが獲れる。秋になれば大きな栗が道ばたにたくさん落ちていて、墓参りのたびに車を停めては娘と栗を拾った。茹でたての栗を包丁で半分に切り、スプーンですくってほくほく食べた。

お墓に手を合わせ、ふと顔をあげると視界には飯能の山並みが広がる。

クリスチャンの家庭で育ち、幼少から教会に通い、三〇代で洗礼を受けた私だが、いつもこの場所に来ると、日曜日に教会に行ってお祈りしているときのような静寂を感じ、敬虔《けいけん》な気持ちになったものだ。

私は墓苑に漂っている静けさをとても気に入っていた。

ガンで突然亡くなった夫の母。老齢の義父は葬儀屋に相談して慌ただしく墓を購入。その時、近くにお墓の空きはなく、唯一手の届く埼玉のはずれに建墓したらしい。

現在の夫とは娘を連れての再婚で、私と娘は血がつながっているが、夫と娘は血がつながっていない。そんな彼女が私亡き後、電車やバスを乗り継いで二時間近くかかる飯能のお墓を訪ねるとは到底思えなかった。娘はものぐさだし、車も嫌いだ。どこかで気後れや遠慮もあるかもしれない。

母子家庭時代、二人で生きた期間も長かった。彼女は私が亡き後、悩んだり、淋しくなったときどうするのか。そんなことを折に触れ夫に話していた。彼も、もう一つ私の両親が気兼ねなく入れるお墓があった方がいいという。その結果、私や娘が自分の家のお墓に入らなくても構わないと。

世間的に言えば軽いのかもしれない。けれど、私には別の心配もあった。

それは両親を残して、三人の娘達が全員郷里の長崎を出てしまったこと。しかも私は三人姉妹の長女だ。

お墓の話になると、クリスチャンである母は海に遺灰を撒いてと言い、父は黙り込む。どうするか、なかなか意見がまとまらないようだ。とどのつまり、母は通い慣れた教会の共同墓地に入るにしても、父はどうなるんだろう。この先両親が亡くなったのち、長崎のお墓をどう管理するのか。

娘と両親、自分の生き様、そして自分はどこで眠るのかと考えた時、もっとフレキシブルにお墓を考えてもいいという結論に至った。

そんなある日、新聞のチラシに目が止まった。「武蔵野市にお墓を！」とあるではないか。「注目の墓石免震工事！」とも。地図を見れば、家から歩いて一〇分ほどの距離にあるお寺で墓石屋さんがお墓を売り出している。

そのお寺は何回か通りかかったこともあり、素朴な風情にとても好感を持っていた。

さっそく墓の下見に娘を誘った。

すると、「なんで生きてるのにお墓を買うの？　意味分かんない。飯能のお墓はどうするの」と困惑気味だ。

「ロンドンに行く回数も増えたし、何かあってからでは遅いでしょ」と説得して連れて行ったものの、生前にお墓など建てては寿命が縮まるんじゃないかと、私も内心心配した。

ジャンパーを着て待っていたお墓の営業マン（墓石屋さん）に恐る恐る聞いてみると、「生前にお墓を建てることは「寿陵《じゆりよう》」と言われ、とても縁起のいいことなんですよ」と、当然ながら心配ご無用という。建てられたばかりの真新しいお墓には、「〇〇家之墓」ではなく、「愛」や「平和」など銘々が好きな言葉を彫っている。そのほとんどが四〇～六〇代の寿陵派らしい。

「お墓もずいぶん変わったんですね」と言うと、「皆さん、昔よりずっと気楽に考えていらっしゃいますよ」と営業マンは朗らかに笑った。

お墓は家族の出向く所。突然家族が亡くなって慌てて探しても、思い通りのお墓に出会える確率は低い。

傘は雨の日に買うなと同じ論理のようだ。

夫が飯能まで車を走らせる姿が脳裏をよぎる。休日の大半がつぶれると言ったこともあったっけ。

営業マンの後に続くと、お寺のずっと奥にはたくさんの区画に区切られた墓苑があり、周りには武蔵野の畑や住宅街が広がっていた。売約済みの区画には〇〇家と書かれた板が立っている。

服を選ぶかのような気軽さで「あなたはどこがいい？」と聞くと、娘は「私はココが良い！」と言って、西側の空いている区画に走っていった。

「ここにしようよ」とウキウキした様子。小さな椅子が一つ入るくらいの狭い土地にお墓を建てて永代使用するのだ。

武蔵野の杜の中にあるようなお寺。歩いて来られる家の近所。ここでいいんだ、ここに作ろう、と購入を決めた。

東京に家を購入した時も感じたが、お墓を決めた途端、東京と私が繋がったと感じた。もうすぐ長崎で過ごした期間よりも、吉祥寺で過ごした期間のほうが長くなる。流れ者のような地方出身者の私だったが、わが村にお墓を申し込んだことで、ずっとここにいていいんだよ、と神様に言われたような気がした。

営業マンに今後の流れを聞き、お寺を後にした。

「五〇代で買ってしまった私のお墓」

女性誌のヘッドコピーをなぞるような高揚感。

思わず長崎の友人に「たった今、娘とお墓の申し込みをしたよ。それも吉祥寺のお寺だよ」と連絡した。

すると「えっ、何、寺にお墓⁉　アンタ、キリスト教徒でしょ。しかも旦那さんと墓を別にするわけ。めちゃくちゃじゃない」と呆れる。

彼女の意見は当然。クリスチャンの端くれである私だが、お寺のお墓にはまったく抵抗がない。

もともと私には信仰とお墓は別物という考えがあり、お墓は自分亡き後の家族にとって、立ち寄り処といったイメージだった。だから、住宅を買う時には考えもしない、「利便性」を最優先してわが村を選んだのだ。それが教会でもお寺でも、皆が頻繁に来てくれる場所であれば百点満点、問題はない。

そんな事情を手短に話すと、「娘と、お墓の衝動買いだね」と笑われた。


その日の夜、父にもお墓を購入した旨を伝えると、嬉しそうな声で「そりゃ、いい。お父さんも入れてくれるのか」と返された。

「もちろんだよ、長崎に一つ、東京に一つお墓があればいいじゃない」と言うと、「そうだな、これで安心だ。やっと行き先が決まった」とはしゃいでいる。

長崎から遥か離れたわが村に父が眠る。もしかしたら母も——。大変な親孝行をした気分になり、鼻高々で嬉しかった。

話し終えたと思ったらケータイが鳴った。母だ。

「吉祥寺にお墓買ったの⁉」と、声が震えている。

聞けば先日もわざわざ岩手まで行き、遺骨を直接地中に埋葬して墓碑として木を植える、いわゆる「樹木葬」を見学し、本気で検討していたらしい。

その最中だけに、娘が見境なく寺の檀家になり、墓をつくるなど理解できないと困惑していたのだ。

「お母さんはお母さんで好きにすればいいよ、私はとにかくつくるから、気が変わったらいつでも入れてあげるし」と私。最後に母は、喜ぶでも反対するでもなく、そうねぇーとうなっていた。

しばらくして両親が東京に来た折、お寺に出向き、墓苑を見せた。墓石をどのような形にするかや、彫る言葉も考えた。

クリスチャンの母は、ここにいていいんだろうかと、まだ腹が決まらない様子で、父は祖父のお墓があるお寺の名前と同じでよかったと、しきりに住職に話しかけていた。

とにかく、思いつきのように始まった墓づくりは、幸せな家族の思い出となり、順調に進んでいった。

そんな私の話を聞いた村人の一人、三鷹の不動産屋に勤める親しい女性が「いいですね。私も近くに移そうかしら。まさか吉祥寺にお墓が持てるなんて知らなかったし」と言ってきた。

一人娘である彼女の両親のお墓は群馬の奥地にあり、滅多に行くことができないらしい。管理は遠縁の親戚まかせだ。

現在も独身で結婚はとうの昔に諦めている。最近、将来のことが不安らしく、夜よく眠れないのだとか。

吉祥寺に住む彼女の近くに両親のお墓を持ってくれれば、彼女も心が安定するんじゃないか。ふと、そんなことを思った。兄弟もいない、寄る辺のない人生だと、口癖のように言っていたから。

探してみると、駅から歩ける東町のお寺に分譲中の墓苑を見つけた。小さいが値段も手頃だ。ここなら仕事帰りにお花を供えにふらりと寄ることもできる。

そのようなことを話すと、彼女は早速見に行きたいというので待ち合わせた。

五日市街道を渡り、東町の住宅地を進んだところにある大法寺は、七福神の福禄寿がまつられていて、年始ともなると、初詣の参拝客で賑わう。

七福神巡りは元々五年前より町興しのため始まった吉祥寺ならではの新春行事だ。七福神七体の内、三体が元々あり、四体は七福神巡りのため新たにまつられたとか。

こぢんまりとした境内は、どこか京都の町家のような雰囲気で、どこからともなく三味線の音色が聞こえてきそう。入口には寺子屋をしのばせる学習塾の看板がかかっていた。

「いいじゃない！」と私が言うと、彼女は積極的に営業マンとやりとりをしていた。何でも群馬のお墓からお骨を移すことも、全て営業マンがアレンジしてくれるとか。そこを一番気にしていただけに、良かった、何でも一緒に動いてくれるから心強い、と安堵の表情を浮かべる。

営業マン曰く、彼女のように地方にお墓がある人が、住まいの近所に移したいと願う。最近そのニーズが圧倒的に多く、吉祥寺というネームバリューもあって、吉祥寺近郊のお墓は売れているそう。「住みたい街」は「眠りたい街ナンバーワン」をも制覇する勢いだという。

私達以外にも何組かが見学に訪れていた。四〇代の夫婦や車椅子のおばあちゃん、みんな終の住処を選ぶように穏やかな顔をしている。

彼女も、実家が吉祥寺にできたみたいでうれしい、と言う。

お寺に縁もゆかりもない人もいるだろうが、墓を持ってみれば、改めてわが村のお寺が気になってきた。

村の中心地にある「月窓寺」など最たるもの。すでに書いたように吉祥寺の四軒寺の一つで、わが村の主要な地べたを、ほぼすべて持っているのだから。

ここの観音堂に安置されている白衣観音坐像は、武蔵野市内最古の銘とされ、市の文化財に指定されている。

五日市街道沿いにある「武蔵野八幡宮」は吉祥寺の氏神様として有名、村人から「八幡さま」と親しまれ、縁日にはたくさんの地元民でごった返す。一六五七年明暦の大火で住居をなくした吉祥寺の人々は移住を命じられ、この地に新しく吉祥寺村を開村した際、鎮守として信仰したといわれている。

私のお墓のあるお寺も、縁日やお祭りでにぎわい、そんな日に寺を訪れると、古い街道の田舎臭さも手伝い、農村に迷い込んだような錯覚を覚える。

そういえば、練馬の関町に住んでいた頃、毎年一二月に家族で「ボロ市」に行った。市は江戸時代中期一七五一年から始まり、当時は農業地帯だったことから農機具などの生活用品が売られていた。

その後、古着やわらじの鼻緒を作るためのぼろきれなども売られ始めたことから「ボロ市」という名がついたとか。骨董品や飲食、名産品などの露店が三〇〇軒近く並び、お好み焼きやわたあめを買っては家族で楽しんだ。

日本人のDNAというものか。神社、お寺はいつ訪れても懐かしい気持ちになる。それは山あり谷ありだった人生への愛着に似ているかもしれない。

クリスチャンの私は、寺に臥す。吉祥寺とロンドン・ハムステッドを往復した末、わが村に戻るのだ。私の墓には大きな明朝体の文字で「記念碑」と彫ってもらった。「なんとか家」ではなく、「思い出」や「愛」でもなく。

武蔵野の深い杜に沈みゆく我が魂よ。活ける水のごとく永遠に湧き続けんことを。

あと五〇年経ったら確実に墓石の下から正面に見える中古住宅を眺めつつ、「あの家が建て替えになった」とか「マンション工事が始まるぞ」など、この村であまたの住宅を見てきた私らしく、両親と不動産談義で盛り上がるのか。

寺の鐘楼からは子どもの頃に聞いたような、ごおぅんという鐘の音が聞こえた。

吉祥寺は武蔵野という深い杜に囲まれた東京でただ一つの「村」である。一度この村に住み着いたら最後、もう二度とよそには行けぬ謎めいた引力が絡まり、それこそがこよなき幸せなのだ。

ごおぅん。鐘の残響は一日の終わりを告げるよう、村の隅々まで響き渡った。

あとがき

この本を書き始めたのは二〇一一年一月、震災の二ヶ月前のことだった。

遡ることそれ以前の数年間、私は吉祥寺に残る築三〇年以上の老朽マンションを見つけ、リフォームをしてロンドンフラットを作ったり、それが終わるとロンドンのハムステッドに自宅を購入したり、そして今度はわが村の老朽家屋を見つけ、「おうちショップづくり」に挑んだりと、いわば取り憑かれたように家づくりに全力を使い果たしていた。懐は寒々しくなったが、良いこともあった。

普段は新宿の編集部で大半を過ごす私が、平日の昼間から吉祥寺に職人たちとたてこもり、ペンキを塗ったり、壁を抜いたりという作業を繰り返したお陰で、商店街のコンビニやテイクアウトOKの週末などは行列のできるカフェの静かな表情を垣間見られたことだ。

いわば吉祥寺の家づくりに翻弄された日々は、地の吉祥寺を二〇年以来初めて見る機会となった。

土日はいないような普段着のおじさんおばさんが、お洒落なブティックの前で立ち話をしたり、駅ビルアトレのお総菜売り場で積み上げられた弁当をジッと見ている中高年のマイペースな様子に、あー吉祥寺はいまだ健在なりきと心から安堵したことだった。

本書にも度々登場するが、二〇一〇年の駅ビルロンロン閉店、伊勢丹撤退、ユザワヤ移転を機に吉祥寺は大きく変わっていった。

多くの人はそれを「発展」と喜ぶどころか、消えていった古き商いの姿を懐かしみ、一層吉祥寺の隅々で、ひっそりと息づく商店へこだわり始めた。

本当の吉祥寺の面白さというのは、決してひとつの色に染まらない、儲けなど出ていないのではないか、というような小さな商いが根絶やしにならず、澄ました顔をして在りつづけることだ（但し、雑誌にも掲載されないような店を探すことは至難の業だが）。

例えば西友の二階にある、アーケードや月窓寺を見渡す地味目な喫茶店や武蔵野副市長にまでその存在意義を確かめた丸井前、ひなびた「文化ストアー」（今はない）など、まだまだ本当は誰がなんのためにどんな思いで続けているのか聞いてみたい店がたくさんある。

繰り返すが吉祥寺とは、よく分からない人や場所や物が普通に在り続ける村なのだ。

去る五月のゴールデンウィークに二回目の小さな英国展を開催した。

お客様の一人にイギリスについてとても物知りなおばちゃんがいた。

Tシャツを着て、ふらりと立ち寄りましたといった風情のその人は話の流れから、「実は我が家には七〇年代の古いイギリスの家具がたくさんあるのよ。シベリア大陸横断鉄道にのせてロンドンから運んで来たんだから」とおっしゃるではないか。

私が初めてイギリスに渡ったのは七八年のこと。駐在員の妻、タナカさんがロンドンに滞在されたのは、エドワード・ヒース、ハロルド・ウィルソン、ジェームズ・キャラハンと、短期間で三名の首相が交代していった七〇年代前半と知り、サッチャー以前のイギリスに触れるべく、是非その家具を見てみたいと思った。

快く「家にいらっしゃい」と招いてくれた言葉に甘えて、スタッフと二人会場を抜け出し、写真を撮りにお邪魔した。

東急裏と呼ばれる、吉祥寺で最も高い住宅地のひとつにありながら、ごく普通の佇まいの家は、しかしながら中に入ると、ライティングビューローやオットマンや弓なりの引き出しが付いたドローワーズなど、どれもこれもかつてのイギリスのB&Bで見たような、ベニヤ使いながらも味のある珍しい家具ばかりだった。

タナカさんは、リビングや書斎や寝室まで見せてくれた。「ぐちゃぐちゃなの。しばらく旅行していたから」と言いながらもバスタオルで隙間を埋めた食器棚まで開けてくれ、「地震が来た時大切な食器を割るのは嫌だとグルグル巻きにしたのよ」と笑ってた。

英国展に立ち寄っただけの縁なのに、行きずりの人と気さくに対応してくれるイギリスの人のようだと思った。

帰りしなキッチンの片隅に山と積まれた野菜を見つけた。「おいしそうですね！」と言うと、「長野から持ち帰ったものなの。舞台裏を見せてごめんなさい」と。

玄関で見送りがてら「今度ご飯を食べにおいでなさい。うちには駐在員時代の仲間も集まるから、ホームパーティーをよくやるのよ」とおっしゃった。

それをお気取りと思わなかったのは、彼女のざっくばらんな人柄のせいか、あるいは、同じ村人のよしみからか。

「そうだ、今晩食べにいらっしゃいよ。買い物に行かないからサラダくらいしか作れないけど」と提案してくれた。

グズグズ考えていると、再び会場に来て下さり、「見たらお野菜が少し黄色くなって、早く食べないとダメになるから、みんなで必ず来てね」と、電話番号を書いたメモを渡された。

はたして私はスタッフ五人を連れて「片づけがあるから二〇分くらいしかお邪魔できませんが……」と電話で断わり、日が暮れると再びタナカ邸にお邪魔した。

昼間と打って変わってタナカ邸は薄暗く、西洋の間接照明のごとき空間に変貌していた。廊下や玄関もぼーっと仄かに灯るランプの光で、まるでイギリスのB&Bのようだった。

とりわけ、ダイニングテーブルは圧巻だった。キャンドルや花こそ飾ってないものの、テーブルの上にはランチョンマットが敷かれ、その上に立派なお皿やフォークが、まるでマナーハウスのようにセッティングされているではないか。

初めてお目にかかったご主人は長身で「さあどうぞ。お掛けなさい」と、私たち一人一人を楕円の大きなダイニングテーブルに案内してくれた。シルバーのトレーの上にはキンと冷やしたミネラルウォーター、オレンジジュース、ワインが並べられ、それもまたイギリスで見たミドルクラスのおもてなしだった。

食卓の寿司おけにはくだんの野菜がきれいに刻まれ、色とりどりお花畑のように盛られ、陶製ポットの中にはスープならぬガーリックとバルサミコで和えたきのこのパスタ料理が入っている。その上、「あり合わせの物だけど」と言って茹でたてのソーセージを大皿に載せて出してくれた。なんと粋なごちそう、なんという夜だろう。まさかわが村でイギリスの家庭で経験したこんな夕食が味わえるとは。

遠慮する私たちにタナカさんは「いいのよ。キノコもお野菜も食べきれないくらいあったから。そうそう、あなたがうちの野菜を「おいしそう」って言ったからピンと来て、みんなで食べようと思ったのよ。フフフ」と楽しそうに笑う。

連日夜遅くまで働き、野菜不足だった私は、タナカさんの英国生活を彷彿させる室内やキッチンのようすに、料理の上手い人に違いないと確信していた。そしてそれは期待以上だった。

お二人は私の知らない時代のロンドンに六年間暮らし、子供を育て、日本からやってくる若い駐在員にも、しょっちゅうご飯を食べさせていたという。若い人の面倒を見ることを楽しみ、慣れてもいるのだ。

ご夫婦の周りには、たくさんの人たちが集まって、今もお付き合いが続いていることは、その話しぶりからもよく分かる。

そういう社会的地位のある海外生活体験を持つお二人が、近所のギャラリーで出会った、いわば行きずりの私たちを、このように手厚くもてなしてくれたことで、それが一層明確になった。

七〇年代のロンドンの様子を知りたいという私たちのために、ご主人はしょっちゅうストライキで電気が止まったことや、日本人が露骨に差別をされたことなどお話ししてくださった。

幸せな夜だった。

ところがうっかり者の私は、タナカさんの家にバッグを忘れてしまった。ギャラリーに戻り片づけをしながら感動的な夕食のことをあれこれ思い返していると、ドンドンと閉めたギャラリーのドアを叩く音がして、ぜいぜいと肩で息をするタナカさん。「これ、あなたのでしょ」と、バッグを届けてくれたのだ。恥ずかしいのなんのと言ったら。私は何度もお礼を言い、またもや立ち話をして別れた。

次の日もタナカさんは友達を連れて英国展を訪れてくれた。

私たちがわが村から撤収する最終日、次もきっとまた来てねと言って、名残惜しそうに見送ってくださった村人たち。同じ建物に暮らす女性もまた、コーヒー飲みにみんなでおいでよ。この上に住んでるから、と声をかけてくれた。

おせっかいなのは自分だけかと思っていたが、わが村にはタナカさんをはじめ、鍋を抱え買い物に付いて来てくれた女の子など、世間的に言えばたくさんのおせっかいかつ、人情味に溢れた人が暮らしている。

こんな思いもよらぬ出来事は吉祥寺に暮らすにつれ、私の心の深いところに積もり積もっていき、いつしかそんな日常をつぶさに描きたいなと思った。

巷に出ている吉祥寺本とは違うアングルから、この希有で愛おしい村と、そこに暮らす村人たちをとどめておきたかったのだ。

長崎から上京した流れ者である私が、日本中にまだまだ多く現存するであろうと思われる幸せな村の一つに辿り着いた喜びは、本書を書くことでさらに深まった。東京は、日本は、このような小さな群衆が生き生きと生活することで、悲しみや不安より幸せの方がずっと大きくなってゆくはずだ。

ウェブ連載時より適切なアドバイスと叱咤激励を頂いた、筑摩書房編集部の鎌田理恵さんにこの場を借りて心よりお礼申し上げます。

また、文末となりましたが、私の人生を豊かに導いてくれた村人の皆様にも深い敬意を表します。ありがとうございました。

二〇一二年秋　武蔵野の杜、吉祥寺にて　井形慶子

文庫版あとがき

胸を締め付けられるほど懐かしく、切ない気持ちで本書のゲラを再読した。あれからまだ三年しか経っていないのに、わが村はさらなる変貌を遂げたことを、今さらながら思い出したのだ。

長年愛されたロンロンはアトレに変わり、二〇一四年に京王吉祥寺駅ビルキラリナが誕生、吉祥寺駅は近代的ビルの結合体、巨大ターミナルとなった。駅前は大手家電量販店、井の頭公園入口には深夜営業のドン・キホーテ、中道通り商店街入口には、七階建て、約八〇〇坪と都内でも上位の広さを誇るユニクロビルが、まるで将棋の駒を指すようにわが村にそそり立った。

大型チェーン店が村の至る所に出現し、流れてくる人の数や質も変わったようだ。

村人の一人としては、あの田舎くさい、どこか泥臭さの残る吉祥寺は、はるか昔の夢だったのではないかと思うことがある。

この本で書き綴った名店のいくつかは店を閉じた。

・東京の「村」吉祥寺での生活より──「鈴一甘栗店なかじま」二〇一二年一〇月閉店
・箱物より自然が好き──ハムステッド・ヒースの思い出より──家具・雑貨の店「ミヤケ」二〇一三年一二月閉店
・おのぼりさんと村の老舗より──「くまもと物産館」二〇一四年二月閉店
・我が村の小さな故郷より──「おきなわ市場」時期不明閉店
名は伏せてあるが、街道のよろず屋カフェ、ナカタさんのサロン……挙げればまだまだある。

鍋について自慢し合い、苦楽を共にしたわが娘は、あの時の予告通り海のそばの遠い町に住んでいる。「土日の人ごみがイヤ。どの店も混んでいて、ゆっくりご飯が食べられない」と、隣町、三鷹や西荻窪にばかり出ているうち、何かに吸い寄せられるように引っ越してしまったのだ。スープの冷めない距離に居続けると思っていたのにと、しばらく放心状態が続いた。

人生の根っこを丸ごと引っこ抜かれ、大きく開いた穴を覗き込む。

従来、変化が苦手な私は、一連の出来事からアイデンティティを喪失したような思いにとらわれた。いっそどこかに引っ越そうか。一瞬、そんな思いが頭をかすめた。だが、我が村を離れどこに行くかと考えた時、たとえ皆がいなくなり、もぬけの殻になったとしても、ここ以上のどこか――は、思いつかなかった。

ロンドン・ハムステッド、長崎、いずれも文化や情緒という点では、わが村を上回る魅力がある。長崎は両親が住む故郷であるし、ハムステッドは小さな居もあり、仕事のことも考えると、定住する合理的な理由はいくらでもある。

だが、無理だった。本格的に腰を上げるには、どうにも抗えないすさまじい引力が私の思いをねじ伏せてしまった。


私は一人トボトボと横丁や商店街を歩き回り、見知らぬ人と話し、知己になり、商いを学び、そうこうするうち、少しずつ元気を取り戻した。

仕事の都合もあり、久しく昨年の冬は東京で過ごした。原稿書きの合間の息抜きといえば、着の身着のまま、商店街はずれの小さな小物屋に通うことだった。その店はアメリカのリボンやレースなど手芸品に加えて、古着や手作りのブローチ、帽子などを売る一言では言い表せない店だ。

ぬぐいきれない喪失感を抱える私に、キリッとした店主の放つ緊張感は気付け薬のようだった。私達は時々お喋りを楽しんだ。

彼女の実家はこの村の米屋ということで、暮れにのし餅をつくという。鏡餅のように、カチカチになってしまう、鏡開きの日を待たずにいつ食べても良いというのし餅にそそられた。

「年末と節分の年に二回しか作らないんです。親も年をとってしまって」

メリーポピンズのような屈託のない笑顔がのぞく。郷里長崎でもとうの昔に餅つきはやめたことを思い出す。ふにゃっと柔らかいつきたてを包丁で切って冷凍しておけば、ずっと美味しいのだとか。

「有機米使ってるとか、そんなんじゃない、何てこともない餅ですよ。年寄りの趣味で作るんで、それでもよければ予約して下さい」

家族のことになると、嬉しそうに謙遜する。

試しに一つ注文した。

クリスマス明けに受け取ったのし餅は本当にグニャグニャしていて、家に持ち帰り包丁で小さく切り分けるのに四苦八苦した。

赤ちゃんのほっぺのような、弾力あるつきたての餅は、火であぶるとプォーッとたちまち膨れ上がり、端々が焦げた。いけない、と火を止め、アツアツに醤油をたらす。一口食べたところ、それはもう、久しく味わったことのなかった、祖父がよいしゃ、こらさっとついた餅の味。

上京してこのかた、スーパーの袋入り餅に慣らされていた味覚が仰天している。餅はたちまち食べ尽くされた。

それは年の瀬も押し迫った北風が吹きすさぶ夜だった。日没まで店先でフードマーケットをやるのだと店主が張り切っていたことを思い出した。そこでのし餅も出す——と。追加買いするのは今しかないと、日のとっぷりくれた商店街をむささびのように走った。体を切るような冷たい風。じきみぞれが降りそうだ。これではもう店じまいしたろうと思いきや、店の入口にぼぉっとライトが当たっている。その下に女性店主と二人の若い娘さんが毛糸帽、ダウンを着て、バルキータイツにブーツと、完全防備で震えながら立っていた。

台の上に並べられた菓子や手編みの帽子、そしてのし餅を売り切るまで頑張っているのだ。スポットライトに照らし出された一生懸命かつ、コロンと着ぶくれした姿。まるでスノーマンのようだと思った。

「間に合ってよかったー。のし餅、あと一枚下さい」

「まぁ、わざわざ来てくれたんですかー」

店主はすっかり驚いている。ぜいぜいと肩で息をしつつ、のし餅があんなに美味しいとは思わなかったと喋り続けた。

わが村で細々と営まれる家族の商いを、ハイカラな雑貨を売る娘が助ける。レースやアンティークと共に堂々と餅を売るメリーポピンズの心意気に、失われしものを埋める物語がまだまだこの村には存在するのだと思った。

女店主はこの夜のことをたいそう喜び、それを老親に伝えたところ、今度は餅の残りで自家製の揚げ餅を作ってくれた。塩味のきいた香ばしいおかきをがりがりとかじりつつ、久しぶりに幸福な思いに包まれた。

また、「イスラム国」のニュースが日夜流れた時は、居ても立ってもおられず、本書に登場する「アフガニスタンバザール」に出かけた。

店主のアラヤリ・アブドルラウルさんは学者のように、これまでのアメリカの政策、本来イスラム社会の人が育んできた暮らしを、丁寧な日本語で話してくれた。「私達はお金が全てじゃないよ――みんなで助け合って生きてきた」。一緒に出かけたスルメ部長と共に、報道されず、知らなかったたくさんの話に聞き入った。

まさか吉祥寺で生のアフガニスタン情勢が聞けるとは。

――と、この原稿を書きつつ、ふと気になり、久々に彼の店に行った。虫の知らせか、アラヤリさんは自爆テロが勃発し、ISに制圧されそうなパキスタン、そして祖国アフガニスタンへ明日から帰るという。日本から三回乗り継ぎ、時間もかかるというカブールへの旅。故郷はそこからさらに遠い。

「えーっ、どうして今行くんですか、危険ですよ」という私に、「家族いるし、仕事もあるよ。仕方ない」と首をすくめた。

一度自爆テロに遭遇した時はビルが破壊され、アラヤリさんも吹き飛ばされた。その後頭上からはガラスの雨が降ってきたという。

気がつけば一〇人以上が命を落としていた。

彼は「一度傾いた国の秩序はなかなか元には戻らない。戻すのは不可能。日本は頑張らないとだめですよ」と何度も言った。

日本人は立派な国を作ったんだから――と。

吉祥寺から紛争地帯へ里帰りする彼は、本当に戻ってくるのだろうか。いつになく真剣に語るアラヤリさんの言葉を反芻《はんすう》した。

日本人は頑張らないとだめですよ――。祖国を憂い、日本を愛するまっすぐな想いが、しかと伝わった。

子供の頃、社会科見学と称して近所の友達と、長崎市街の寺や交番や商店に行っては、あれこれ聞きたいことを質問して回った。大人たちは、時には面倒な顔をするものの、食い下がる子供たちに、「こげんなこと、知っとるね」と、しまいには饒舌になったものだ。そうして、「分からんことのあったら、また来なさい」と、優しく見送ってくれた。

長すぎる話に子供達は今聞いたことなど忘れてしまう。子供が大人を遊ぶ——そんな包容力が町にみなぎり、子供らの心には優しくされた思い出だけが重なり、厚い層をつくっていく。それは大人になった今も進行中であった。

たまにわが村に帰ってくる娘は、うっそうとした木々に囲まれた井の頭公園の茶屋に出向くたび、「いいところだなぁ。離れてみて、自分は何て恵まれたところに住んでいたのかと思う」とつぶやく。人ごみを嫌がった彼女が懐かしみ、思いを馳せるそれは何なのだろう。もう少し時間が経ったとき、尋ねてみたいと思っている。

何かに引き寄せられるように書いた、私にとって大切なものが無限に詰まっているこの本が文庫になり、さらに多くの方々に届くことを願ってやみません。

温かな助言とエールを送って下さる筑摩書房の鎌田理恵さん、解説を寄せてくれた恩師、リチャード・クレイドン氏に、この場を借りて心よりお礼申し上げます。

二〇一五年一〇月　武蔵野にて　井形慶子

解説　ユニークな視点で描かれる吉祥寺の「ヴィレッジ性」

リチャード・クレイドン

私が日本人の妻と結婚して日本に移り住んだのは、一九八一年、今から三四年前のことです。

吉祥寺はその二年前に来日した折、妻に誘われ初めて訪れました。まだ駅前にロータリーもなかった頃です。仲間を交え、開店したばかりのパルコを見物し、みんなで連れだって井の頭公園を目指しました。私たちはボートをこぎ、木々の間からそよぐ風に吹かれ、まるでリゾートにいるようにお喋りに興じました。

ロンドンには、ハイドパークなど広大な公園がいくつもあり、生家のあったリッチモンドにもテムズ河岸をはさみ込む美しい緑地帯や、リッチモンドパークなどがあり、都会にいながら、自然を満喫できる環境です。そして、これこそがロンドンの素晴らしさだと思っていました。ですから吉祥寺の駅、繁華街とほぼ隣接した井の頭公園を見た時は、東京にもこのような所があったのかと感動しました。

吉祥寺が外国人をひきつける理由は、都会と豊かな自然環境というこのコンビネーションでしょう。この本にも吉祥寺に暮らす個性的な外国人が登場します。観光や短期滞在ではなく、根を下ろして日本に暮らしている人達です。彼らがほかのどこでもなく吉祥寺を選んだ理由が私にはよく分かります。

日本に暮らし始めて一五年が過ぎた頃、私は吉祥寺に帰国子女の教育も手がける語学学校を設立しました。都心にほど近い利便性。周辺には有名大学も多く、駐在、留学など海外生活経験者や、外国人と結婚した日本人のカップル——国際結婚ファミリーも暮らす吉祥寺エリアは、子供から大人までインターナショナルな感覚を持ち合わせた人が多いのです。

このような背景から当時の吉祥寺は、「キャピタル・オブ・ランゲージスクール」(語学学校の総本山)と呼ばれ、たくさんの語学学校が集まり、常に高い需要がありました。

初めは、他の町での開校を検討したのですが困難を極めました。テナント募集のビルに次々連絡をとるも、「ノードッグ」「ノーキャット」「ノーガイジン」と露骨に断られました。ほとんどの不動産業者が「日本人の奥さんが保証人にならなければ貸せない」と言ってきたのですが、私は自分の力で開校すると踏ん張ったのです。

ようやく最後に、競争も激しいけれど、私が大好きな吉祥寺に絞って探したところ、ある大家さんが快くビルを貸してくれました。仲介に当たった不動産屋さんもわけへだてなく、この町特有のオープンマインドで、外国人である私の第一歩を後押ししてくれたのです。

興味深いのは、多くの日本人が私達のような外国人は東京なら六本木に集まると思っていることです。誤解をおそれずに言えば、六本木は「Foreign《フォーリン》 Tourist《ツーリスト》 Town《タウン》」です。短期滞在者や、自国の生活をそのまま日本で継続したい欧米人には便利かもしれません。けれど食や生活習慣も含め、日本文化を受け入れ、日本社会の一員として生きようと思う外国人にとっては、居続ける意味はありません。

井形さんは吉祥寺を「村」と表現していますが、ロンドンの人々は、自分の居住区が「ヴィレッジ」と呼ばれることを誇りにしています。「ヴィレッジ」という表現は、地域に根付く人情、商い、歴史、文化、コミュニティー、人と人との豊かなつながりを表しているからです。

三〇年目に入るイギリスの大長寿ドラマ「イーストエンダーズ」（BBC製作）はロンドン東部の下町で起きるよもやま話を描いた労働者階級の人情ドラマです。

よく飽きもせずイギリス人は単純なストーリーの「イーストエンダーズ」を見続けるものだと思いますが、あのドラマには「ヴィレッジ」――「村」という言葉に集約される人間らしい暮らしの本質が描かれています。それは普遍的であり、ロンドンでもヨークシャーでも、東京でも福岡でも起きる普通の人の日常が題材です。

この本の中にも味わい深い村人との出会いや交流、その顚末が描かれています。それは吉祥寺のみならず、人間らしさを喪失したと思われるたくさんの町に、脈々と受け継がれてきたものではないでしょうか。

政治経済の中心、東京もロンドンも、都会は成長しつづけています。小さなヴィレッジ――「村」は都市に吸収され、いつしか町そのものの個性やスタイルが薄らいでゆく。けれど、そこに住む住人のプライドは決して錆び付くことはないのです。

下町に暮らすイギリス人の友は、東京に住んでいると言わず「私はアサクサに住んでいる」と表現します。彼は母国、イギリスに帰った時も「アサクサ」を語り、東京とは別な場所として「アサクサ」を位置づけているのです。

私もこの本に登場する人々と同じく、東京ではなく「吉祥寺」の持つヴィレッジ性にひかれ、今まで二〇年近くこの町に仕事場を置いています。

現在、社会人となり独立した子どもたちや妻は、誕生日や食事会と理由をつけ、私の仕事が終わる頃を見はからって、吉祥寺に集まります。

日の落ちた井の頭公園は、昼間より静まり返って神秘的な美しさに満ちています。家族みんなで池のほとりを散策したのち、武蔵野の杜に潜む公園のレストランで食事をとるのです。子どもたちも大好きなこの店には珍しいビールがたくさんあり、ほがらかな店員のサービスもずっと変わりません。

　ここには家族の幸せな思い出が刻まれているのです。


　文化は人の魂に宿るものだと思います。

　ロンドンで育った私が、異国の日本で思うように生きられたのは、何人をも受け入れる吉祥寺の人々の懐の深さと、知性があったからに他なりません。この町はイギリス人の私に、日本に受け継がれてきた文化を見せてくれました。


　本書の中で井形さんは時には、ロンドン・ハムステッドの暮らしや、故郷長崎の思い出から、吉祥寺と自分の関わりや、なぜこの町にひかれたのかを解明していきます。井形さんと出会ってもう一五年以上になりますが、イギリスの古い家を観察しては、吉祥寺の老朽マンションを発掘してリフォームしたり、イギリス人でさえ知らないような老舗羊毛工場を見つけ、伝統的な服を作る。吉祥寺はそんな彼女が羽を休め、家族や故郷を思い返す場であることを知りました。

　これまでの数々のイギリス関連の著書に貫かれた彼女の持ち味は、興味深いアングルです。人が気付かない、見過ごしてしまうような出来事に着目する。そのユニークな視点や探求心は、値段があってないような摩訶不思議な貸家、ハットリ荘の存在や、干し柿を作る渡り鳥のような男性など、この本でも存分に発揮されています。

読後、初めて吉祥寺を訪れた時の言い知れぬ思いが蘇りました。人間らしい暮らしを送るうえで、私たちが手放してはならないものは何か。井形さんの目を通して描かれた吉祥寺の出来事に、改めてはっきりと教えられた気がします。

（英国生活文化研究者）

本書は二〇一二年一一月、小社より刊行されました。

ちくま文庫

東京《とうきょう》 吉祥寺《きちじょうじ》 田舎暮《いなかぐ》らし

二〇一五年十一月十日　第一刷発行

著　者　井形慶子（いがた・けいこ）
発行者　山野浩一
発行所　株式会社　筑摩書房
東京都台東区蔵前二—五—三　〒一一一—八七五五
振替〇〇一六〇—八—四一二三
装幀者　安野光雅
印刷所　中央精版印刷株式会社
製本所　中央精版印刷株式会社
乱丁・落丁本の場合は、左記宛にご送付下さい。
送料小社負担でお取り替えいたします。
ご注文・お問い合わせも左記へお願いします。
筑摩書房サービスセンター
埼玉県さいたま市北区櫛引町二—六〇四　〒三三一—八五〇七
電話番号　〇四八—六五一—〇〇五三

ISBN978-4-480-43312-1 C0195